rya
ャ文庫

悪魔の献身

斉河燈

イースト・プレス

contents

プロローグ

三年前までの夏を思うとき、脳裏にはいつだって真っ先に彼の緑青色《ろくしょう》の瞳がうかぶ。緑とも青とも言い切れない澄んだ虹彩《こうさい》は、どっちつかずの曖昧《あいまい》さを持ちながら、常にぴたりと落ち着いていた。

穏やか、というよりあれは凪《な》いでいたのだとハリエットは思う。別荘のすぐ脇にある湖の色に似ていたからかもしれない。

父が統治する田園地方のほぼ中央、ターナー家が先祖代々受け継いできた別荘――自然に囲まれた懐かしいカントリーハウス。

訪れるのは決まって社交界シーズンを終えた八月半ばだったから、同時に蘇《よみがえ》るのはむせかえるほど濃密な緑の匂いだ。

そうして何度、目の前に広がる煉瓦《れんが》色の街並みを味気なく感じたかしれない。

「ミス・ハリエット・ターナー、私が寄宿学校を卒業したら婚約していただけますか」

その申し出を受けたのは十一の夏、今から時を遡《さかのぼ》ること九年前だった。

ヴィー。ヴィンセント・ランハイドロック。

男爵家の六男である彼は、貴族の子息が皆通うパブリックスクールの卒業を控え、六月に十七になったばかり。つややかな銀の髪を斜めに垂《た》らし、わずかに覆い隠した顔はプロポーズを口にしたにもかかわらず涼しげだ。差し出された右手に視線を落とせば、白いサテンリボンを結んだ赤い薔薇《ばら》が一本握られていた。

「は――はい。はい、もちろん！」

予期せぬその申し出を、断る理由は微塵《みじん》もなかった。

早くに母を亡くし、男兄弟もいないハリエットは婿《むこ》取りをしてターナー家の家督《かとく》を継ぐようにと父から言い聞かせられて育った。

そろそろ縁談を、との具体的な話が出始めたのは前年の暮れからだ。父が用意したリストの中にヴィンセントの名を発見したときは奇跡かと思った。

真っ先に彼をとお願いしたことは言うまでもない。

彼さえ迷惑でなければばと。

「お父さま、縁談のお話をしてくださったのね」

「縁談？　なんのことです」

「聞いたんでしょ？　それでプロポーズをしてくれたんじゃないの？」

てっきりもう少し先の話だと思っていたけれど。

ハリエットは嬉々として両手を伸ばし、薔薇を受け取ろうとする。と、突然腰を持ち上げたせいか、ボートが揺れて湖面に大きな波紋《はもん》を広げた。

「きゃ」

「ハリエット！」

揺らいだ体を支えてくれた腕は想像よりずっとたくましく、心臓が跳ねる。

ラフな三つ揃《みぞろ》えのラウンジスーツからは花に似た香りがして、目眩《めまい》さえ覚えた。

「あ……あり、がとう、ヴィー」

幼い頃は女性より細身だったのに、いつの間にこんなに男らしくなったのだろう。

どきどきしながら体を離そうとすると、つむじにはぶっきらぼうな声が降ってきた。

「まったく、心臓が止まるかと思っただろう」

それは普段穏やかな彼が一瞬だけ覗かせた別の顔だったのだが、焦っていたハリエットに気づく余裕はない。

「ごめんなさい、嬉しくて、つい」

「――いえ。それより、返答はイエスで間違いありませんね？」

口調はすぐに戻った。見上げれば、念を押すように問う表情は真剣そのもの。

湖と彼の瞳、ふたつの印象が重なるのはこのとき間近で見つめあった思い出があるからかもしれない。

「は、はいっ」

「撤回はさせませんよ。一度でもイエスと答えた以上、一年後、気が変わっても嫌がっても必ず私の婚約者にします。覚えておいて。私にとっての女性はこの世にただひとり、あなたしかいないのだということを」

「嫌がるなんてまさか。私、夢だったのよ。ヴィーに婚約の申し込みをしてもらうの。たとえ恋心がなくても、……爵位目当てだったとしても」

というのも、貴族の爵位および財産と土地は、国の決まりで分割することができない。次男以下の子息が裕福に生きる道は、学歴を武器に知的専門職につくか、良家との縁談で非労働者としての立場を護るのみ。よほど嫌われていない限り、この縁談を六男の彼が断るはずはなかったのだ。

「ヴィーが好きなの。六歳のクリスマスの日から、ずっと」

五年と少し、人生の半分近くをこの恋心とともに過ごしてきた。その間、一日だって彼のことを考えなかった日はない。

そう訴えている途中で恥ずかしくなり俯《うつむ》くと、帽子《ぼうし》に巻かれたオーガンジーのリボンが垂《た》れてヴェールのようになった。

袖《そで》を膨《ふく》らませたジャケットに上品なフルレングスのドレス、レース付きの日傘《ひがさ》はすべてオートクチュールの一級品で、あの頃はそれが当たり前の装いだった。

「あなたが私を……本当に？」

なびくリボンをよけた手が、顎《あご》にそっと添えられる。

「ハリエット、顔を上げて。私を見て」

優しい声で催促《さいそく》されても、俯いた顔を持ち上げることはできなかった。おてんばで、いかに男子顔負けの乗馬をこなすハリエットといえども、初恋の前には無力だ。

「わかりました。では、そのままじっとしていてください」

言うなりゆっくりと、彼の顔は近づいてくる。真っ直ぐな瞳。唇の右下に添えられたほくろが、やけに色っぽく見えてくらくらする。

「私もあなたが好きです、ハリエット」

「……ん、っ」

震えながら受け止めたキスは、額へ。

軽く押し当てられ、音を立てて離される。それだけなのに、砂糖入りのワインよりずっと甘く、深い酩酊《めいてい》感がハリエットを満たした。

「爵位など関係ありません。ターナー卿に催促されたわけでもありません。私にはあなたしかいない。あなた以外の妻など想像できないんです」

愛していますと熱っぽい台詞を間近で囁《ささや》かれて、頬は素直に火照《ほて》る。

「うれしい……私、お父さま以外の人にこんなキスをもらったの、初めてよ」

「良かった。すでに触れた男がいたら殺しに行かねばならないところです。――二度目は頬にしても？」

「……はい……」

彼は律儀《りちぎ》にも、婚約が済むまではと、このとき唇を重ね合わせはしなかった。押し当てられたのは額、頬、鼻先、そして耳朶《じだ》だけ。

それでも充分すぎるくらい幸せだった。初恋の人からのプロポーズ、しかも望まれて結婚ができるなんて。

「――いっ、おいっ!!　抜け駆けしてんじゃねえよ、ヴィンセント！」

夢のような心地からふたりを引き戻したのは若い男の声だ。

岸辺を振り返れば、船着き場の上で地団駄《じだんだ》を踏んでいる金髪碧眼の青年が目に入る。

オーウェン・トレヴェリアン――男爵家の子息である彼は、ハリエットが五つの夏に出会った婿養子候補のひとりだった。

「もう数式は解けたのですか、オーウェン！」

ヴィンセントは柔らかい声で岸辺に呼びかける。

どうやら難しい問題をふっかけることで、ライバルを出し抜いてプロポーズへ漕《こ》ぎ着けていたらしい。頭脳派の彼らしいやり口だ。

「うるせえっ！　おまえこそ、苦手な水泳は克服したのかよ。そこからここまで泳いでみたらどうだ！　いいか、ハリエットはおまえのようにヒョロヒョロした頭でっかちの坊ちゃんでなく、男らしい俺と結婚するんだからなー！」

　狩猟にのみ威力を発揮する太い腕を振り回して宣言され、ハリエットはヴィンセントと顔を見合わせて笑ってしまう。

「あのね、オーウェンの求婚は冗談だと思うの。だっていつもあんなふうに、人前でスピーチをするかのように結婚しようって言うんだもの」

「品がありませんね。流石《さすが》は成金、お父上の代で社交界入りしたばかりの新興貴族です」

「おいっ、今悪口を言っただろ！　離れていても雰囲気でわかるぞっ」

　すかさずそう叫ばれ、静かに反対の岸へと漕ぎ出すヴィンセントの苦みばしった顔といったらなかった。

　惜しむことを知らず、恵まれた環境を顧みることもなかった、幼い日。幸福も豊かさも手を伸ばせば届くところにいつもあった。


　すべてを失ったのは、三年前。

父の葬儀《そうぎ》が終わり、形見分けがどうの、遺産相続がどうのと親戚たちが騒がしくターナー家の屋敷内を行き交っていたあの日。

ハリエットは虚ろな双眸《そうぼう》で、いつまでも現れないヴィンセントの姿を人々の間に捜していた。ソファの隣で、オーウェンが気をまぎらわそうと様々な話をしてくれたけれど、頭には入って来ず、ただ聞き流すしかできなかった。

(ヴィー、そろそろ来てくれるよね)

葬儀には間に合わなかったけれど、そろそろ。

婚約後、ターナー家の財産と領地は、ヴィンセントと夫婦になって受け継ぐ予定になっている。彼抜きでこの話し合いは進まない。なのに。

――なにかあったの?

ハリエット付きの侍女ジュディに聞けば、父が病に倒れた時点ですでに連絡を入れたが直接の返事はないという。電話には彼の兄が応対し、すぐに向かうとだけ言ったらしい。

だとすれば自宅は出発したはずだ。

きっと、もうすぐ到着するはず。

「三日以内に相手から結婚の意思を聞き出せないようなら、慣例《かんれい》に則《のっと》って故人に最も近い血を持つ男子にターナー卿の財産を継がせます。いいですね」

見かねた親戚にはそう言われたけれど、三日もあれば着くと思いハリエットは承諾した。

しかし約束の日になってもヴィンセントはやって来ない。

オーウェンの父には、そんな薄情者は捨ててぜひうちの息子と、と頭を下げて頼まれたが諦めきれなかった。

恐らくこちらへ向かう道程でなにかあったのだ。

（馬車が壊れてしまったとか、汽車が止まってしまったとか……きっとそうよ）

家族のもとには連絡がいっているかもしれないと思い、望みをかけて彼の自宅へコールすれば、電話口には彼の兄のひとりが出た。

『ああ、弟ならばずっと家にいる。数日後には親戚一同が集まるパーティーがあるから準備に忙しいんだ。お父様のこと、残念だったね』

どうやって電話を切って部屋まで戻ったのか、覚えていない。その日、父の財産はすべて遠縁の親戚の手に渡った。

ヴィンセントにはきっとなにか理由があったのだと思う。そう信じたから、失踪したと噂で聞いたとき、後を追って下街《したまち》へ向かったのだ。

信じていたはずだった。

けれど、三年の間にハリエットの支えは希望でなく諦めに変わっていた。

――三年。

三という数字がこんなに切ないものになるなんて。

『私たち三人の友情は永遠よ。だって三はとても良い数字なの。三位一体に三賢者、それにテーブルだって最低でも三本の脚があればきちっと立つでしょ』

五歳の夏に誓った友情を、切り離してふたりとひとりにしようとしたのがいけなかったのだろうか。

『そうですね。では、私たちにとって「三」は永遠の数字としましょう』

『永遠?』

『ええ。数字は絶対ですから』

言ったのはヴィンセントだった。数字はくつがえることも、順番が入れ替わることもないから絶対なのだと。

そうだとハリエットも思っていたはずだった。

――ヴィー、今どこにいるの?

あなたが消えた日から、私の世界は暗闇に閉ざされたまま。右も左も、前も後ろも永遠の『三』も、この先どこへ進んだらいいのかも完全に見失ってしまった。

1、

霧は今日も早朝から立ち込め、煉瓦色のゴートレイル市街を淡くセピアに滲《にじ》ませている。遠くで列車の長い汽笛。三丁目の角にはパンを売る女の掠れた歌声。それらを掻《か》き消すように質素な幌《ほろ》付き荷馬車が南へ、手紙を運ぶ車輪の大きな郵便馬車が北へとすれ違えば、一瞬の静寂に野良猫のじゃれあう声が響く。

すべて、まとまりがないようで収まりのいい、下街の風景だ。

石畳を掃《は》いて、読み捨てられた大衆紙が飛ばされていく。

見出しは『切り裂きジャック、またも現る』――。

「ねえジュディ、本当に見物する気なの？　早く院に戻って朝食の準備をしないと大惨事よ。院長の腕が子供《はらぺこ》たちの噛みあとだらけになるわ」

八時の朝食まであと三十分、そろそろミルクを温めないと。

ハリエットは語気を荒くして十歳年上の友人の袖を引いたが、ひとだかりに突進していく彼女の強硬な姿勢に変化はない。

「院長には謝罪すれば済む話でしょ。でもこっちは……麗しのナヴァール卿には、このチャンスを逃したらあとでいくら頭を下げたってお目にかかれないのよ。優先順位は明白じゃないっ」

視界にはシニヨン状にまとめた赤毛の後頭部が映っていた。自分と揃いの、黒いワンピースの立て襟もだ。

彼女のこの、夢中になったら最後、他人の意見など意に介さなくなる性質は、侍女として側に置いていた頃からよく知っている。

まったくミーハーなんだから、とハリエットは嘆息《たんそく》した。

市庁舎の視察に来る美貌の貴族なんて興味もないし、わざわざ人混みに揉まれてまで観たいものでもなかったのだけれど。観たところで自分の人生が変わるわけでも、一ペニーだって儲かるわけでもなし。

しかし緩やかに足を止めようとすれば、二の腕を摑まれ急かされる。

「さ、侯爵を見逃した挙句《あげく》に院長に頭を下げたくなかったら来るのよハリエット」

「……もう、理屈としてはめちゃくちゃよ、それ」

致し方なく、バゲット三本を胸に抱え直して噴水広場へ足を踏み入れた。

（こうなったら腹をくくって、最前列で拝んでやるんだから）

霧を押し流すように油臭い風が吹けば、小柄な体の後方で黒髪がなびく。

大きな瞳の中央に茶の虹彩、控えめな鼻に桃色の唇。二十歳を迎えたにもかかわらず、十代半ばにしか見えない童顔がハリエットのコンプレックスだ。

新首都であるゴートレイルへとやってきたのは三年前。

流行病で父を亡くしたあのとき、親戚筋を頼って貴族の子供相手の家庭教師《ガヴァネス》になる道もあった。分家に嫁いで主婦になるという道もだ。

だが、選んだのはメイドであるジュディと共に下街へ移り住む道だった。

貴族崩れで労働者になる者が少なくない昨今、下街で生活することに抵抗はなかった。

様々な仕事があるなかで孤児院を選んだのは、父が生前、貴族の義務として支援していた施設……唯一残された思い出の場所だったからだ。

三年間、清貧《せいひん》で幸福に暮らしてきたと思っている。

だが砂糖菓子をついばんでいた頃と比べると、腰まである波打つ黒髪に艶はなくなり、なめらかだった肌からは透明感が失われ、その事実が時折、鏡の中へほんのりとした郷《きょう》愁《しゅう》を連れてくる。

もしも今、かつての友人たちに再会したら。

そう考えるときがハリエットには一番こたえた。こんな姿では、出会っても気づいてさえもらえないに違いないから。……再会の可能性なんて、ないだろうけれど。

（ああ、だめ、朝からしんみりしたことを考えちゃ）

頭を振って友人の背を追い、野次馬の最前列へ躍り出る。こんなときは自分の体の小ささと、質素なメイド服が誇らしくさえ感じられるから不思議だ。

「来たわよ！　国王の右腕『寛容なる』侯爵さま……！」

すると広場の脇に立派な二頭立ての箱形馬車《ブルーム》が止まる。つややかな黒一色に塗られた車体には双頭の獅子《しし》の紋章があしらわれていて、人で溢れかえった広場は期待のざわめきに満ちた。

――セス・マスグレーヴ、弱冠二十六歳。

国王の直轄地ナヴァールを与えられた男の名は、受爵の経緯を把握していない下々の者でも風の噂で知っている。

馬車の扉が従者の手で開かれると、騒々しさは引き波のようにすうっと消えていく。

最初に見えたのはステップに踏み出した左足だった。磨き上げられた黒の革靴、そして持ち手に銀の細工を施されたステッキ。

股下の長さを強調する紺の脚衣《スマート》と、そこにかかる同素材のテイルコートは上流階級の正装だ。視線を滑らせていって、ハリエットはふと、男の細い顎の形に既視感を覚える。

襟足《えりあし》の長い銀の髪。薄く口角の上がった唇。その右下に添えられた小さなほくろ。通った鼻筋に、涼やかながら柔らかい雰囲気の目尻、緑青の瞳――まさか。

「……ヴィー……？」

思わず開いた唇からこぼれ出たのは、かつて愛した男の名だった。三年の時を経《へ》ても、見紛《みまご》うはずがない。

どうして彼がここに。

別人？　姿形が似ているだけ？

いいえ、そんなはずが。婚約者だった自分が見破れないほど、あの人に生き写しの人物が存在するわけがない。

衝撃のあまり瞠目《どうもく》するばかりで動けないハリエットを、彼もまたじっと見つめて息を呑《の》む。信じられない、と言いたげな顔をして足を止めたかと思うと、まっすぐに歩み寄ってきて右手を摑んでしまう。

「ハリエット……」

うそ。

「やっと逢えましたね、私の花嫁」

大きなどよめきの中、手の甲にうやうやしいキスを受け、ハリエットは現実をひたすら疑った。もしや自分はまだ院の屋根裏のベッドにいて、夢を見ているのではと。

侯爵の名はセス・マスグレーヴだったはず。

彼が本当にヴィンセントだとして、なぜ、別人の名を?

——もしも。

もしもこのとき、彼が素通りしてくれていたなら。どこにいても必ず見つけるというあの日の約束を破ってくれたなら。みすぼらしい姿の自分を見下してくれたなら。

そうしたら、再び恋には落ちなかったのに。


待ち望んでいた再会に、ハリエットができたのは逃げ出すことだけだ。

元気でいてくれてよかった、と安堵する気持ちの片隅でなぜだか恐ろしくて、差し出された手を振り払っていた。

(ヴィンセントが、ナヴァール卿……)

住む世界が違うとか、みすぼらしい格好が恥ずかしいとかいう当たり前の衝撃を受ける前に、現実をどう受け止めたらいいのかわからなかった。

あるいは、ようやく癒えた傷口に触れられたような感覚だったかもしれない。

再会できると信じ続けるのは辛すぎて、諦めた、と自分に言い聞かせた。二度と逢えないものと考えた。そうして乗り越えたつもりで、危ういかさぶたの上に成り立っているのが今のささやかな幸せだったから。

「待ってよ、ハリエット!」

追いかけてくるジュディにも本心を知られたくなくて、住宅街の一角にある煉瓦造りの孤児院へと飛び込む。

院、と言っても老朽化したアパートを間借りしただけの施設だ。支援していた父が亡くなってから、新規の子供を受け入れるのはやめた。それでこの質素な空間では現在、三歳から八歳までの総勢六名の孤児の面倒を見ているのだった。

院長が高齢のため、食事の準備から掃除、寝かしつけまでがハリエットたちふたりの仕事だったが、体を動かすのは元来好きなので億劫《おっくう》に感じたことはない。

擦り切れた赤絨毯《じゅうたん》の階段を駆け上がると、ハリエットは二階のホールの手前で人影に気づく。つきあたりの窓の隣、壁紙が破れた場所を塞ぐように立っているのは知るべの男だった。

「よう。おはよう、ハリエット。近くで事件があったばかりだから寄ってみたんだが、君は元気そうで良かった」

低く毅然《きぜん》とした声。六フィートはあろうかという長身を包むジャケットは紺地で、太もの半分ほどまでの長さがある。緩く後頭部へ撫《な》で付けた金髪にはつば付きの帽子をかぶっており、顔立ちは精悍《せいかん》だ。

筋肉質な左腕には二本のラインの入った腕章、腰には警棒――それは右手に握った一対の手袋を含めゴートレイル市警《ヤード》の制服なのだった。

「おはよう、オーウェン。私なら大丈夫よ。幼馴染みだからって、そんなにこまやかに気にかけてくれなくてもいいのに」

「君を気遣えなかったら、なんのために軍の士官をやめてここへやってきたのかわからないだろ」

彼がこの街へやってきたのはハリエットが孤児院へ移り住んでから半月後だった。

市警の管理職は高給ではないし、貴族の子息が好んで就く職でもない。息子を溺愛《できあい》する父親には大反対をされたらしいが、もっともだろう。

そんな彼に正式に結婚を申し込まれたのは先週。今日はきっと返事の催促をしに来たのだと思う。

「切り裂きジャックのことなら朝、新聞で読んだところよ。靴磨《くつみが》きのおじさま、いい人だったのに……それにしても警察も落ち着かないよね、忘れた頃にまた事件だなんて」

ヴィンセントに再会したの、とは、言えなかった。まだ現実として受け止められていないことを事実として語れなかったのだ。

「靴磨きの男がいい人だって？　ジュディはあいつがお前に色目をつかったって言ってたけどな。……まあいい。それより、子供たちは怯えたりしていないか？」

問われて振り返ると、子供たちは忍び足で背後に迫っていた。ハリエットの手からバゲットを奪い、我先にと千切《ちぎ》って食べ始めてしまう。

「ちょっ、もう！　お行儀が悪いわよ！」

「ハリエットの帰りが遅いのが悪いんだぞっ」

「こら、あんたたち!!」

叫んだのは、遅れて戻ったジュディだ。こちらに目配せしたあと、代わりに子供たちを叱ってくれる。食堂の中は戦々恐々としながらも平和そのものだった。

「ごめんなさいオーウェン、騒がしくて。あのとおりみんな元気だから大丈夫よ。事件のことは話して聞かせて、注意させてるし」

「……なにを尋ねても君は『大丈夫』ばかりだな。そろそろ、弱音を吐いてもらえる立場になれると嬉しいんだが。ハリエット、今日こそいい返事を聞かせてくれるか？」

やはり本題はそこか、とハリエットは表情を曇らせる。

「オーウェン。もう何度も言ったけど、私は誰が相手であろうと結婚はしないわ。この孤児院で一生子供たちの面倒を見ていきたいの」

ここは父が遺したものの中で、唯一消えなかったものだから。

「誰であろうと？　本当に？　あの――ヴィンセントでも？」

ビクリ、肩が震えてしまう。

「正直に言ってくれ。あいつがいるかもしれないと聞いて、きみは下街へ来たんだろう。未練があるから、俺の求婚を受け入れないんだろう？」

咎《とが》め立てする視線より、動揺を隠しきれない自分のほうが怖い。

確かに、ここへ来たのは親戚の家でそのような噂を聞いたのがきっかけだった。だが一年、二年と時は過ぎ、今はあえて結婚について考えないことでやっと自分を保てている。置いていかれた、という喪失感から逃れたつもりでいる。

「そろそろ解放されてもいい頃だと思うぜ。もう三年だ。幼い頃から仲良くしてきて、ハリエットの父さんにも散々世話になったくせに、あいつ、亡くなった途端に葬儀にも出席せずにいなくなって――」

「お願い、やめて、オーウェン」

「いいや、やめない。詫《わ》びもなければ電報の一本すら打ってこない、薄情な男なんだぞ。想い続ける価値はないだろ。俺が忘れさせてやるよ」

強気の台詞と同時に右腕を摑まれそうになったときだ。食堂の方からパンッ、と乾いた破裂音が上がって、ハリエットは肩をすくませた。

――銃声？

なぜ室内で発砲音が聞こえるの。

反射的に身を翻《ひるがえ》し、子供たちのもとへ向かう。

「どうした!?」

呼びかけたのはオーウェンだ。

唖然《あぜん》としていたひとりの子供の口から、ぽろり、バゲットの欠片《かけら》が落ちる。

見れば、食卓の上で陶器のミルクピッチャーがチューリップ型に割れていた。こぼれたミルクは、テーブルクロスを伝って床へ丸い水たまりを作っていく。

テーブルの向こう、ジュディが怯えた顔で示したのは半開きになった格子窓《こうしまど》だった。

「い、石が、飛んできて」

「石？」

「当たったのよ、ミルクピッチャーに……」

銃声ではなかったのか。

すぐさま窓に駆け寄って外を覗き込む。だが、先ほどより濃い霧に閉ざされた街路には一台の馬車の屋根しか確認できない。かろうじて人影は認められるが、怪しいかどうかの判断はつきかねる。

またた、とハリエットは危機感を募らせる。

自分の居場所に投石されるのはこれで十回目だった。石以外にも、霧の中で誰かに跡《あと》をつけられたり、人混みで妙に絡みつくような視線を感じたりしたこともある。ここ半月、身の危険を感じた回数は数え切れない。

すると今朝読んだばかりの新聞の見出しが思い出され、身震いせずにはいられなかった。

『切り裂きジャック、またも現る――四人目の被害者は靴磨きの男！』

市警は捜査に進展がない理由のひとつに、被害者に共通点がないことを挙げていたが、ハリエットには心当たりがあった。

——全員が、自分と顔見知りだということ。

かといってそれが犯人逮捕に直接繋がる有力な情報かと言えば……市警にわざわざ告げるべき情報かと言えば、自信はない。

世間を賑《にぎ》わせる事件の真ん中に自分を置いて考えるのは、被害妄想によくある構図だ。打ち明けたとして、一体何人の捜査員が信じてくれるだろう。だからこれまで幼馴染みであるオーウェンにさえ相談せず、心の中だけでそうかもしれないと思うに留めておいたのだけれど。

「……ねえオーウェン、話したいことがあるの」

誰かを巻き込む可能性があるなら話は別だ。

声をひそめて市警の制服の袖口を引いたとき、階下で、玄関のドアベルがカラリと音を立てる。来客の気配に、室内にはわずかな緊張感がはしった。

2、

霧は昼になっても晴れなかった。

河向こうに乱立する煙突《えんとつ》から吐き出された煙が、もったりと高度を下げながら住宅街へ届いたのかと思う。そんな空想をたびたびするのは、街を包み込む霧がどこから来るのかをハリエットが未だに知らないからだ。

カントリーハウスにいた頃、霧は流れてくるものだった。

邸宅の裏の丘陵《きゅうりょう》の先、なだらかな山を吹き下ろす風に乗って、屋敷の周囲へ辿り着くもの。濡れた土の匂いとともに、視界をしっとりと覆い尽くすもの。

それは流れてくる直前、山の中腹にあり、クリスマスツリーの枝のところどころに剝《は》がし残したまばらな綿に見えるから、あの頃の霧の始まりはいつもなんとなく切なかった。

「で、どういう了見《りょうけん》だか説明してもらおうか」

勧められたベルベット素材のカウチに腰掛けることなく、オーウェンは円テーブルをよけて前方の男――ヴィンセントに迫った。

空間に余裕のある応接間は草花をモチーフにした壁紙に囲まれている。正面の壁には立派な黒大理石の暖炉と鏡入りのマントルピースがはまっており、少々仰々しい。

当然ながら孤児院の一室ではない。

朝方、ドアベルを鳴らしたのは羽根つきのトップハットを被った御者だった。彼の肩越しに見えたのは、立派な二頭立て箱型馬車だ。扉には見覚えのある双頭の獅子の紋章があしらわれていて、つまりセス・マスグレーヴ――ヴィンセントからの迎えだったのだ。

「三年間、どこにいた？　なぜいまさらノコノコ姿を見せやがった。ハリエットがおまえのためにどれだけ泣いたと思ってるんだよ！」

怒れる男の拳が暖炉の右の壁へ打ち付けられる。

ひとりがけのソファに腰掛けた侯爵は寂しそうに目を伏せ、「すみません」とステッキを胸元に引き寄せた。

「ご迷惑をおかけしたことはお詫びしてもしきれません。ですが、私だって離れたくて離れたわけじゃない」

切ない声色だった。

「護りきれる自信があるなら連れて逃げていました……今と同じだけの権力と人脈があの

とき、あったなら」

逃げる――なにを言われているのかわからずハリエットは目線をさまよわせる。どういうことだろう。

その様子を横目で見、オーウェンは苛立ちながら問うた。

「言い訳がしたくて俺たちをここへ呼んだのか」

「いいえ、私が呼び出したのはハリエットただひとりであって、オーウェン、あなたではありません」

ヴィンセントの言葉にたじろいだのは後方に立つジュディだった。しかし彼女がついてきてくれたのは侯爵見たさの好奇心などではなく、ハリエットが心細さのあまり同行を頼んだからだ。

いたたまれなくなってハリエットは口を開く。

「侯爵さま、申し訳ありませんが私とジュディには院での仕事があります。手短にご用件をうかがいたく存じます」

ああ、断ればよかった。あなたを連れて帰らなければクビになります、と御者に縋《すが》られてもだ。

するとヴィンセントはふっと目を細め、寂しそうな視線を向けてくる。

「以前のようにヴィーと呼んでください。いくら労働階級にまざって暮らそうと、あなたは誇り高き貴族。男爵令嬢です。ミス・ハリエット・ターナー」

　同情を含む声色にひりつくような感覚をおぼえて、ますますいたたまれなかった。だからハリエットは強がって姿勢を正す。

「……三年間どこにいたの、ヴィー。心配したのよ」

「申し訳ありません……事情があったのです」

「いつからセス・マスグレーヴなんて名前に？　裁判所に勤めていたはずよね。国王陛下の信頼を得たって、一体どうやって——」

「お答えしたいのはやまやまなのですが、今、この場では打ち明けられそうにありません。ギャラリーが多すぎる」

　斜めにしたステッキの持ち手に両手を重ね、ヴィンセントはそこに軽く顎を寄せて視線をオーウェンへ向ける。警戒心というより、現れているのは懐疑心のように思う。

「私は彼女ひとりを連れてくるよう命じたはずですが……あの御者には今日限りで暇を出さなければ」

「おい、そうやってのらりくらりといつまでも、本題をごまかすのはいい加減にしろ！」

　オーウェンがそう言って摑みかかろうとすると、黒光りするステッキがその動作を阻んだ。一振りでぴたりと心臓の上を狙えるヴィンセントも見事だが、突かれる寸前で体をとどめたオーウェンもまた見事だった。

「誤摩化さざるを得ない状況にしたのは貴方です。ふたりきりのときにしか打ち明けられない話もあるのだということを察してください。邪魔さえ入らなければ、私はすでにハリエットに本題を申し上げていたでしょう。——今度こそ結婚してください、と」

心臓が割れそうに跳ねる。結婚。

諦めで、美しく覆い隠していた想いが燻り始める。

「……貴様、一度はハリエットを捨てておきながらよくもそんな寝言が言えたもんだな」

「捨てた覚えはありません。あのときはああするしかなかった。離れていても見守っていました。ずっと、ずっと逢いたくてたまらなかった」

見守っていた……本当だろうか。困惑するハリエットに、彼はステッキを振り上げた腕以外の姿勢をほとんど変えず、涼やかな目を優しく細めて言う。

「やはりこの状況では落ち着いて貴女と話せませんね。明日の晩、また使いをやります。今度は私のタウンハウスへご招待しましょう。一緒にディナーをしながら、弁解させてください」

「ディナー……？」

甘い誘いにすぐさまイエスと言うわけにはいかなかった。侯爵家のタウンハウスでの晩《ばん》餐《さん》だなんて、まず着ていく服がない。それにもしも新調するお金があったとして、現在の貴族の間の流行を知らない。

返答に困っていると、オーウェンが胸に突きつけられたステッキを右手の甲で払いながら断言する。

「行かせない。彼女は俺の妻になる人だ。他の男とふたりきりで食事などさせない。それがたとえ国王陛下のお墨付きを得た侯爵様だとしてもな」

「お、オーウェンっ……」

プロポーズを承諾した覚えなどないし、妻になる気もない。しかし反論しようとした唇を、わずかな躊躇《ちゅうちょ》が引き止めた。

オーウェンと結婚なんてしない。そうアピールして、ヴィンセントになにを期待するつもりだろう。

だからまたプロポーズしてと、今度こそ幸せにしてと縋るの？　どんな理由があったにせよ、たったひとりで置いていかれたことは事実なのに？

もう一度、信じることができるの？

「……彼の発言は事実ですか、ハリエット」

不愉快そうに細められた両目がこちらへ向けられる。

肯定も否定もしないまま立ち上がるのが、精一杯の勇気だった。

＊＊＊＊

御者は丁寧に馬を操り、主《あるじ》の客人三人を孤児院へと送ってゆく。

窓の外にあるのは白い霞《かすみ》ばかりだ。決して良いとは言えない視界を眺めながら、ハリエットはぽつりと呟きを落とす。

「街がまるごと消えてしまったみたいね」

向かいの席で、ジュディとオーウェンが気まずそうに目を見合わせた。ヴィンセントと応接室で別れてからこちら、ハリエットは黙ったきりだったため、心情を察しかねているのだろう。

「霧が濃い日はいつも思うの。本当に街はここにあるのかなって。もしかしたら数歩先は崖のようになにもないいんじゃないかなって」

目に見えないものが本当にここにあるのか、ないのか。

あまりにもあっけなく無くしてしまった恋を思うと、いつだってそれが命題めいて思考の先を塞ぐ。

「そんな。空想が過ぎるわよ、ハリエット」

斜め右向かいの席でジュディは気遣わしげに口角を上げた。

「空想……そうかしら。昨日姿を見たものが今日もここにある、と信じきってしまえることのほうが空想だと私は思うわ」

「寂しいことを言うなよ。なにもかもがなくなったとしても、少なくとも今、俺たちはこうしてハリエットの側にいる。絶対に消えたりはしない」

オーウェンはそう言ったが、ハリエットは絶対という言葉こそ信用に値しないことを知っている。

「……絶対、だなんて」

簡単に言わないほうがいい。

今あるものが明日もあり続けるかどうかは誰にもわからない。それを言いきってしまおうとするのは幻想の世界を現実と見るのと同じだと思う。

証拠もないのに。

いや、証拠があったって消えるものは消える。

かつてのヴィンセントだって、あれだけ固い約束をしていながら消えたのだ。

この世のすべては不確かで、だから人々は霧の向こうにあるはずのものを想定して生きているようなもの。絶対なんて思い込みにすぎない。

暗い顔をするハリエットの手を、オーウェンは強引に握って言う。

「何度でも言うさ、ずっと側にいるって。君が俺を信じて、人生を委《ゆだ》ねようと思ってくれるまで」

信じる——それは何度説得されても難しいと思う。

ごめんなさいと心の中で詫びて、握られた手をさりげなく引いた。

自分の不運を笠に着るつもりはない。だが、突然置いていかれた日の喪失感と、三年間に積み重ねた絶望が、再び起き上がろうとする勇気を引き止める。

——信じなければ傷つかないのに、と。

誰のことも、どんな約束も。

すると斜向《はす》かいでジュディが口を開いた。

「ハリエット、あなたやっぱりあの方に……ヴィンセント様にもう一度お逢いしたほうがいいわ」

子供に言い聞かせるような、静かな声だった。

「でも」

「このままじゃ、あなたは過去に囚われたきりよ。それでいいの？」

いいわけがない。けれど怖い。

信じてもしもまた置いていかれたら、もう一度同じ絶望感を味わうのかと思うと、体の奥底から自分では制御できない恐怖がじわじわと染み出してくる。

「待てよジュディ。彼女には俺がいる。俺がそんなに信用できないってのか」

「ねえオーウェン、ハリエットにとっての問題は、あなたが信用に足る人物かどうかじゃないの。あなたを選ぶにせよ、他の誰かを選ぶにせよ、自ら信用しようって気になれなければ一生このままなのよ」

ジュディの台詞にハリエットは反応しなかった。図星をついた指摘を、その通りだとも違うとも言えなかったのだ。

「なあ、ハリエット」

オーウェンが思い出したように話を逸らしたのは、ジュディの提案を認めたくなかったからかもしれない。

「院を出る前、なにか言いかけなかったか。食堂で、ミルクピッチャーが割れた直後に」

「……あ！」

そういえば打ち明けておこうと思っていたのだった。投石されたのが初めてではない件を。子供たちを護ってもらうためにも、すべて話しておく必要がある。

ハリエットは意を決して、オーウェンとジュディのふたりに、我が身に迫りつつある危機を訴え始めた。

まずは『切り裂きジャック』の被害者が全員、自分と知り合いであることから。

ひとりめの被害者は向かいのアパートの１０６号室に住む娼婦。彼女は院にたびたび差し入れをしてくれる親切な人で、あの日は六つのパイを持ってきてくれたのだった。ふたりめは――。

＊＊＊＊

翌日の晩、ヴィンセントが迎えに寄越した御者は前日とは別人で、すらりと背の高い男だった。

「キッチンの掃除、代わってもらっちゃってごめんね、ジュディ」

ヴィンセントのもとへ向かうことを決めたのは、院長にも諭《さと》されたからだ。もう一度逢って、せめて自分の気持ちを確かめるくらいはしたほうがいいと。

「食事が済んだらすぐに帰るから、面倒な部分は残しておいて」

「いいのよ、ゆっくりしてきて。メイドって生き物はね、主がなすべきことを代わって遂げるほど名誉に思えるものなんだから」

玄関の外まで見送りにきたジュディが言う。メイドの名誉――それは彼女の口癖だった。

「……もう主ではないわ」

「それでもよ。私、以前の主には代わってあげたくても代わってあげられなかったことがあるから、今度こそはって思ってるの」

以前の主というのはヴィンセントをさす。自分付きの侍女が欲しいと言っていたハリエットに、信用のおける自分のメイドを、と遣わしてくれたのがジュディだった。

「ちゃんと話すのよ、三年間のこと。結婚するにせよしないにせよ、後悔が残らないようにね」

そうして馬車に乗り込み、数十分後に辿り着いたのは町外れの立派な邸宅。

ヴィンセントの住まいは林に囲まれた豪邸で、玄関を入ってすぐ、吹き抜けの空間をぐるりと壁伝いに階段が這わされていた。

まるで宮殿だ。

どうしよう。こんなに立派な邸宅、きっとチップも高額だわ、と庶民的な感覚でぞっとしていると、

「ようこそ、お嬢さん」

穏やかな声が降ってくる。驚いて見上げれば、いつの間にか二階の階段の中ほどに彼が立っている。

「ヴィー……」

後ろに長いテイルのついた黒のイブニングコートに、上等なリンネルのシャツ、白のベストに白のタイは夜の正装だ。銀の髪は後頭部に向かって撫で付けられ、長い襟足は青いリボンでひとつにくくってあり、侯爵というより王族のよう。

――三年前より、もっと素敵になった。

思わず見惚れてから我に返る。

対する自分の装いは、院長から借りた時代遅れでサイズの合わない、バッスル入りのド

レス。とてもではないがエスコートされるには相応しくないと思う。

だが恥ずかしいと感じるのは、院長や、この姿をきれいだと言ってくれたジュディと子供たちに失礼だ。

「お招きありがとうございます、ロード・ナヴァール」

膝を折って、国王陛下に拝謁《はいえつ》を賜《たまわ》ったときのように挨拶《あいさつ》をした。

懸命に胸を張るハリエットに、彼は、へえ、と感心した声を漏らしながら階段を下りてくる。

「お召し替えを、と勧めるつもりでドレスを用意しておいたのですが、余計な気遣いだったようですね。あなたはなにを着ていても美しい」

「ありがとう」

お世辞でも嬉しかった。

しかし部屋の荘厳さとは裏腹に、使用人の姿がほとんどないのが気になる。

確か、入り口でフットマンに出会ったきりだ。これだけ大きなお屋敷ともなれば三桁の使用人がいてもおかしくはないのに……。

なんてがらんどうな屋敷なのだろう。

「どうぞ」

促されて彼の右腕に掴まり、向かったホールにも人気《ひとけ》はない。

中央に置かれた長テーブル、彼は隅の主の席に着くと、グラスに赤ワインが注がれるさまを横目で見つつ言う。

「ふたりで食事をするのは三年ぶり、いえ、三年半ぶりでしょうか。あなたが十六の年の、クリスマス以来ですね」

まさか彼のほうからその話題をふってくるとは思わなかった。

「……そうね。何事もなければ、あれが独身最後のクリスマスになっていたはずだわ」

そして春には彼を婿として迎え入れているはずだった。ターナー家の家督も、父の財産も、遡って遠縁の親戚が相続することはなかったのだ。

いまさら文句を言っても始まらないけれど。

「クリスマスと言えば、出会った翌年が印象深いよね。私が六歳のとき、初めてヴィーのタウンハウスに招かれた夜のこと」

言うと、九十度右に座る彼の表情がさっと青ざめた気がした——いや、気のせいだろう。

あの晩、青ざめたのはハリエットのほうだ。

「父のワインをこぼしてしまって、私、晩餐会場を逃げ出したのよね」

申し訳ないと思う以上に恥ずかしかったのは、ランハイドロック一族が揃って隙《すき》のない優雅さを持っていたからだ。

彼らにはおよそ、生活のにおいというものがなかった。同じように同じものを口にしていても、オートマタが寸分の狂いもなく動いているようにしか見えなかった。

ヴィンセントの兄が五つ子で、容姿のみならず仕草までリンクして見えたせいもあるだろう。だからミスをした自分がとんでもない欠陥品に思えて、逃げ出さずにはいられなかったのだ。

「でも、食事中に席を立つなんてワインをこぼすよりずっと恥ずかしいと気づいて。合わせる顔がなくて、今度は戻れなくなっちゃって」

六つとはいえ、家庭教師から一通りのマナーは学んでいたのに、本当になさけない。

体裁の悪さにハリエットが肩をすくめると、ヴィンセントは申し訳なさそうに応じた。

「すぐにあとを追いましたよ。あの屋敷は古いうえに、私でも入ったことのない部屋があるくらい広い代物でしたから」

そう、そして入り組んでいた。

それで彷徨い歩いているうちに、地下室のひとつへ迷い込んでしまった。入った途端にドアはぴったりと閉じて開かなくなり、心臓が止まるかと思うほど焦ったのだ。真っ暗でなにも見えず、空間の広さも、自分の位置もわからなくて。生まれて初めて死を意識したのはあのときだったと思う。

扉のすぐ脇で泣きべそをかいてうずくまるしかできなかった。

「実はね、あれきり私、暗いところが苦手で、夜は蝋燭《ろうそく》を灯したままでないと眠れないの」

暗闇が怖いのだ。毎晩、使い残した短い蝋燭に火をつけ、燃え尽きるまでに寝るようにしている。でなければ、ひとりで部屋にはいられない。

「苦手……ですか」

「得体が知れないものを目の当たりにする感じ。地下室でなにを見たのか、思い出せないからかもしれない」

真っ先に駆けつけてくれたヴィンセントが抱き締めてくれたことは覚えている。その腕が、小刻みに震えていたことも。

単なる理想の王子様なら、きっと恋に落ちたりはしなかった。

震えながらも、大丈夫ですよ、と気丈に言葉をかけてくれた。きっと彼も怖かっただろうに、ハリエットを安心させようと、微笑んでみせてくれた。

私のために。そうとわかった途端、恋をした。

ただ、それ以外の記憶は霧の街並み同様ぼやけていてはっきりしない。

自分は闇の中になにを見た？

なぜ――思い出せないの？

「できることなら、あなたが泣き出す前に見つけてさしあげたかったのですが」

遅くなってすみません、と詫びる顔には、あの日、十二だった少年の優しい面影が残されている。緑青色の瞳は真剣で、ひたすらにまっすぐだ。

「ハリエット、私の気持ちはあの日から変わっていません。もう一度ここで言わせてください」

テーブルの上のランプの光がゆらと揺れる。

「妻になっていただけませんか」

「……え」

「今度こそ、誰にも邪魔はさせない。この手で護ってみせます」

決意のこもった申し出を聞き、ハリエットの鼓動は幼かった日と同様、無秩序に打ち始める。妻……今度こそヴィンセントの妻に……しかし今、邪魔、と言っただろうか。

そんなことをされた覚えはなかった。あの結婚は誰からも祝福されていたはずだし、式が挙げられなかったのは彼が失踪したからだ。

「私では不満ですか？　もしや昨日オーウェンが言っていた件が事実だとでも？」

本当はすぐにでも否定してしまいたかった。オーウェンに心が動いたことなどない。けれど、もしも、また。

また――彼が自分を置いて消えない確証がどこにある？

(信じて、裏切られて、大切なものをなくすのは……もうたくさん)

想像すると全身が冷たくなる。

迷うハリエットを無表情で見つめ、ヴィンセントはひとつため息をもらすとグラスを持ち上げて促す。

「まずは乾杯しましょう、再会を祝して」

答えられないまま、彼がするようにグラスを顔の横に掲げた。揺れた赤い液体を一口、喉に流し入れる。

こんな高級ワインを口にするのは久々だ。

舌の上に広がる懐かしい渋みに、なぜだか父との思い出が蘇る。

「お父様が好きだったわ、このワイン。シェリー酒や、ヴィンテージのポートワインも」

しかし、二言、三言、会話は滲《にじ》むように淡くなっていって、

「……申し上げたはずです。気が変わっても嫌がっても、必ず私のものにすると……」

ふっつりと、記憶は途切れる。

＊＊＊＊

「ん……」

気がついたのはベッドの上だ。

住み込みの部屋にあるベッドとは比べ物にならない弾力のよさに、ハリエットは夢を見

ているのだろうと思う。下街へ移り住む以前の――ターナー家のタウンハウスにいる夢だ。

四角いサイドテーブルには持ち運び用の明るいオイルランプが置かれており、部屋をぼんやりと丸く、橙色《だいだい》の空間に変えている。

カーテンを引き忘れた格子窓の向こうに視線をやれば、薄荷《はっか》の飴のように華奢な満月が浮かんでいた。指で押したら、ぱりんと割れてしまいそうなくらいに。

（心地いい月光……）

そうして起き上がろうとして異変に気づく。掛け布団をかけていない。

それだけではない。両手両脚がベッドの四方の柱に布で繋がれていて、つまり大の字の姿のまま身動きがとれないのだ。

「起きたか、ハリエット」

右足の方角にある闇の中から呼びかけられ、びくっと体が跳ねる。

「だ、誰」

「俺だ」

寄越されたのはぶっきらぼうな返答だった。数回の足音に遅れて、その姿は窓際で明らかになる。

「ヴィン……セント？」

彼はイブニングコートとベストを脱ぎ、シャツと脚衣というラフな服装をしている。受けるのはくつろいだ印象だが、安堵感は呼び起こされない。

「綺麗だ。三年、逢えないうちにもっと綺麗になった」

これは彼の仕業？　どういうこと？　冗談よね、と追従笑《ついしょう》いをしてみせるけれど、彼は無表情で傍らへやってきて、あろうことか胴の上へ跨《また》がってしまう。

「や、……!?」

我が身に起きている事態が信じられなかった。自分は晩餐に招かれて食事をしていたはずで、ワインで乾杯を――まさか、あれになにか。

最初からこうするつもりで、だから使用人の姿も見られなかったのだろうか。

いや、ヴィンセントはそんな人間ではない。自分が知っているヴィンセントは……。

恐怖におののくハリエットの顔の左右に両手をついて、ヴィンセントは真上から告げる。

「もう永遠を意味する『三』は俺とあいつとおまえのことじゃない。俺たち二人のことだ」

「な、なにを突然……」

なにを言っているのだろう。理解できない。

俺、という言いかたも、隣国なまりの喋《しゃべ》りかたもだ。普段のヴィンセントとはまるで違っていて、別人と疑わざるを得ない。

「こうするしかない。俺はおまえを繋ぎとめる方法を他に知らない。誰にも渡せない。渡したくないんだ」

体を持ち上げ、ハリエットのドレスのスカート部分を前だけ捲《まく》り上げた彼は、左手の薬指、中指、人差し指を順にゆったりと舐める。それから右手でドロワーズのひもを解くと、左手をウエストの中央から滑り込ませた。掌でするりと下腹部を撫で、指先を脚の付け根へとあてがってくる。

「ここを、オーウェンに許してはいないな？」

迷いなく割れ目の隙間に唾液を塗り付けられて、ハリエットはかぶりを振った。

「や、いや」

こんなのは嘘だ。ヴィンセントは高潔で、プロポーズの日にさえ唇を奪わなかった人なのだ。彼であるわけがない。

だが、不自然な眠りからさめたばかりで、体も頭も痺れていてうまく働いてくれない。濡らされた花弁をぱくりと左右に割られ、指先で内側をつっと後ろへ撫でられると腰を浮かせずにはいられなかった。

「俺が護ったものだ。何年も、ただ、見守るだけで……誰にも汚されないように」

前へとろりと滑った中指は、剝きだしの粒を優しく捏《こ》ねる。押し付けるようにして立ち上がりを促されると、唇からは甘い吐息が漏れた。

「あ……あ」

自分でも知らない濡れた声に恐ろしくなる。

「本当はずっと触れたかった。狂いそうだった」

喜ばしげにかすかな笑いを浮かべた彼は、吐息の向こうから口づけを寄越す。

「……っふ……」

重ねた唇の隙間から下唇のふちをつうっと舐められて、くすぐったさに肩が跳ねる。

なぜ反応してしまうのだろう。馬乗りにされて一方的に与えられるだけの愛撫なのに。

恥ずかしさのあまり消えてしまいたい気持ちで瞼《まぶた》を強く閉じると、舌をゆったりと差し込みながら髪を大事そうに撫でられる。

――おかしくなってしまう。

月光のもと、混ざり合う吐息にハリエットは痺れた手足を懸命に揺らしてもがいた。触れかたが優しすぎて、心はどう受け止めたら良いのかわからないのに体はどこか歓迎してしまっていて、混乱のあまり泣きたくなる。

「初めてのキスを交わした日……婚約を発表した夜もこんな月夜だったな」

泳ぐようにシーツを掻いた彼の右手が、ハリエットの左胸をドレスのレースの上からゆるりと摑んだ。脇のほうから寄せて持ち上げ、親指で先端を押し込んでみせる。

「最初は抱き締めるだけで済ませるつもりだった。だが、見上げてくるおまえの瞳が、純粋で、純粋すぎて」

「ヤ、ぁ……」

我慢しようとすればするほど甘い声が漏れてしまう。下唇を噛んでこらえようとしたが、花弁の間を三本の指でまんべんなく擦られては耐えようがなかった。

「んぅ……っ、く……」

「わずかでも自分の色をつけたくて、俺は」

初めてのキスのことはハリエットだって覚えている。

あの晩、ターナー家のタウンハウスの一階にあるホールは夜会で賑わっていた。行われていたのはヴィンセントとの正式な婚約発表で、しかしハリエットは会がお開きになるまでふたりきりになるのを待てなかった。

廊下に人気はなく、ひっそりと人目を忍んでカーテンの陰で抱き合った。

これで晴れて正式な婚約者、いずれ夫婦になれると思うと、いてもたってもいられなかったのだ。

額から鼻先へ落ちた彼の柔らかい唇は、ためらうように上唇のふちへ、脇へ。

下顎の中央をついばまれ、ぞくりと身を震わせたところで雲の隙間から月が現れ、白銀の光のもと、唇は情熱的に重なった。

ドラマティックなキスだった。

「あのときよりもっと濃く、おまえを染めたい」

ドレスの背中のボタンを外され、肩から胸までを露出させられる。

右胸の先をちゅうっと吸いながら、こちらを見つめる瞳はいつかと変わらぬ色をしている。

「やぁ、やめ……て、いや」

ハリエットは涙ぐんで声を震わせる。こんなのは耐えられない。『初めて』は結婚の晩に幸せな気持ちで迎えるもので、ファーストキスのときのように想い合っているから成り立つもので、こんなふうに一方的に奪われるものじゃない。

だが、秘所の上でとろとろと彼の指に絡む蜜が、裏腹な欲求を物語っていた。

「ヤぁ……っ」

自分で自分が怖い。

「綺麗だ、ハリエット……」

震えるハリエットの蜜の源、他の誰にも触れられたことのない場所へ、ゆっくりと指先が挿し込まれていく。内臓を暴かれているみたいだ。強烈な痛みが下半身を襲い、声がうわずる。

「い、っ……いた、……ぃや、……っ」

「動くな、余計に痛む」

細い中指は刃物のようで、止まらない侵攻は薄い皮膚を引き裂くような苦痛をともなっ

た。もがいても、四肢はベッドの木枠《きわく》を軋《きし》ませるだけで虚しいほどどこにも届かない。

「いや、いやぁ、あ」

「狭い……処女のまま、か」

安堵した声はやはり別人のもののようだ。

婚約後、いくら唇を重ねても、結婚するまではと体は暴かずにいてくれたのに。

「こ……んなの、私の知ってるヴィーじゃない……！」

叫ぶと、指はひりつく痛みを与えながら、奥へと進んで行き止まりを押し込んだ。淡い熱が蜜源の奥にじんわりと広がって、耐えきれず涙が一筋こぼれる。

「知らない、だと？　おまえは俺を知っているはずだ」

「そ、んな、ことない、っ」

「じっとしていろ。傷をつけたいわけじゃない……愛したいだけだ」

右のこめかみを濡らした雫《しずく》を彼の唇にそっと拭われ、ぞくぞくしたものが背筋を駆けのぼっていった。

無理矢理押さえつけているくせに、壊れものに触れるような愛撫が狡《ずる》い。

「だめっ、……これ以上、は」

本当は、父を亡くしたあの晩にこそ、こうして強引に奪ってほしかった。好きなら、この手を放さないでほしかった。

いっそ共に連れて行ってほしかった――。

覆い被さってくる体温に流されそうになってハリエットは必死にもがく。痛みに代わって込み上げてくる愛しさが怖くてたまらない。

「いやよ……っやめ、て」

「いや、ではないだろう？　いい、と言えよ」

無我夢中で抵抗するハリエットを、ヴィンセントはがむしゃらに押さえつける。

「言ってくれよ、昔のように俺を見てくれよ。……頼むから……！」

すると激しくもつれ合ったはずみで、彼のシャツの開衿《かいきん》部、右の前身ごろがばさりと開いた。ボタンがいくつか飛んで、床へ虚しい音を立てて転がる。

途端、彼の右胸に凄惨な傷跡を見てハリエットは息を呑む。

皮膚が裂けたような赤黒い痕に、茶色いまばらな火傷《やけど》痕、何度も同じ場所を傷つけなければ残らない、盛り上がった傷痕……白い肌を埋め尽くす苦痛の残骸はたとえ一端でも異常と言っていい。

「ヴィー、その、傷」

一体誰に。私の知らない間になにがあったの。

震える声で問いながら、そういえば、どこかで垣間見た光景だと思い出す。

――私はこの傷痕を知っている。知っていた……けれど、どこで？

ハリエットが眉をひそめたところで、蜜源の内に含まされた指の動きが止まった。

「けものだからだ。知っているだろう？　こいつは自分がけものだと思っている。虐げられるのは当然のことだと」

「けも……の？」

こいつ、というのはヴィンセントをさすのだろうか。自分のことなのにやけに他人事だ。

「そうして抑え込まれた怒りが俺を作った。離れている間も、おまえだけがずっと、ずっと支えだった」

泣き出しそうな声に、わけがわからなくとも胸は高鳴ってしまう。だめ――だめだ。

「じ、自分から消えたくせに……私を捨てたのはヴィーじゃない……！」

「捨てたわけじゃない！　何度こうして姿を現して、本当のことを告げて、触れてしまいたいと思ったか」

冷静になろうとして、ハリエットは隣国なまりのある彼の喋り方にやはり強い違和感を覚えた。

ヴィンセントは普段なまったりなどしないし、自らを「俺」とは言わない。いつも穏やかで、怒りなど露わにすることもない。

これは誰？

彼は本当に『ヴィンセント』なの？

「あ……なた、だれ……？」

「思い出せないなら、好きなように呼ぶといい。全員の俺が――おまえを愛している」

「全……員、？」

混乱するハリエットのドロワーズを太ももまで下ろし、ヴィンセントは跨がる位置を下げる。閉じた蜜口を探り当てられ涙目でかぶりを振ったが、雄のものは怯んでくれそうになかった。

「……ッ、許してくれ」

「や……ぁあ！」

「俺のものでいてくれ。どこへも行くな、頼む」

未知の苦痛に表情を歪め、咄嗟《とっさ》に両目をぎゅっと閉じてハリエットは衝撃に耐えようとする。もう諦めるしかないのかもしれない。鋭い楔《くさび》は、わずかに蜜源を割り始めていた。

涙に濡れる瞼の裏に、思い浮かぶのは穏やかで優しい微笑みだ。

「こうする以外に、どうやっておまえを、繋ぎとめておけばいいと言うんだ……」

「うく、……っ痛、ぁ、やめ……て、お願い、っ」

「ハリエット……俺のハリエット……愛してる」

愛――プロポーズの日にも聞いた言葉だが、今はあまりにも響きが違う。

「愛してるんだ」

うつろなのに熱っぽくて、胸がヒリつくような響きだ。

そのとき、ベッドサイドのオイルランプがふっと、音もなくともしびを消した。オイルが切れたのだろう。あまりにもあっけない消えかただった。

月光は彼に遮られ、目の前には濃密な暗闇が訪れる。

混沌とした、透明感のない淀んだ漆黒が——降りてくる。

(怖い)

暗い部屋はこわい。暗闇の中になにかがひそんでいて、鼻先で対面しているような緊迫した恐怖を感じる。一気に感情が爆発し、猛然とハリエットは四肢をばたつかせた。

「イヤ、やっ、いやぁあっ、いや——っ!!」

嫌だ。暗闇は嫌だ。

あるはずのものをなくしてしまうから。ないはずのものをあるかのようにみせるから。

なぜそんなふうに思うのか自分でもわからなくて、得体の知れない恐れを必死で振りはらった。

「ヴィー、助けてヴィー!」

「……ハリエット?」

「どこっ……どこにいるの、ヴィンセントっ。怖い、はやく、ここへきてぇっ」

助けにきて。私を見つけて。地下へ迷い込んでしまったクリスマスの晩のように、その手を私に差し伸べて。

　あなたが姿を消した日から、世界はもうずっと暗闇だった。

「い……いや、ひとりは……い、や……っ、ヴィー、ヴィンセント、ヴィンセント!!」

　本物のヴィンセントに逢いたい。目の前にいる粗暴な男ではなく、自分が愛した穏やかなヴィーに。

「ヴィンセント……!!」

「ハリエット!」

　彼はそこでハリエットの異変に気づいたらしい。処女を脅かしていた雄のものを退かし、焦ったように手足の拘束を解いてくれる。昔よりずっとがっしりした腕に引っ張り起こされてびくついたものの、優しく背中を撫でられてハリエットは全身から力を抜いた。

「大丈夫です、ここにいます。すぐに新しいランプをつけますから、落ち着いて」

「あ……」

「申し訳ありません、怖い思いをさせましたね」

　先ほどとはうってかわって紳士的な口調だった。まるで体の上にいた強引な別人を、ヴィンセントが退治してくれたかのように。

「ヴィー……?」

「ええ、私です」

新たなランプが灯されると、浮かび上がったのは穏やかで優しい顔。ハリエットが知っている、優しい婚約者の顔だ。

「……っ」

思わず首に腕をまわして抱きつくと、馬乗りにされた瞬間から続いていた震えがおさまっていった。

迷っても、誤魔化そうとしても、根っこの部分ではそれだけ深く想っているのだということを自覚させられた気がした。

そうだ。本当はずっと逢いたかった。

「待っていてくださったんですね、私を。……こんな私を」

ぼろぼろとこぼれる涙に強がりはすべて流されて、ハリエットは浅く頷いた。

「そうよ……」

待っていた……この腕に抱き締められる日を待っていた。

「……ヴィーでなきゃ、だめなんだから……っ」

他の誰にも、一度も、心は動かなかった。

捨てられても、酷くされても、今でもこんなにあなたが好き。

すると体を狭く閉じ込める男らしい腕に力を込められ、ハリエットは安らぎを感じて胸を熱くした。

「ならばハリエット、このまま私の妻になってください」

頷く勇気はなかったけれど、抵抗もしたくなかった。いっそ迷いごと、すべてを奪ってほしかった。

不安がまた、頭をもたげる前に。

抱き合ったままベッドへ倒れ込むと、どこまでも沈んでいけそうな気がした。

＊＊＊＊

ふたつの体をぴったりと上下に重ね合わせ、二度目のキスを交わす。

脚の間に入り込んだヴィンセントの体は想像以上にたくましく、その胴の分だけハリエットは大きく太ももを広げなければならなかったが、彼のためならかまわなかった。

「愛しています。三年間、あなたを忘れた日など一日もなかった」

低い声が右の鼓膜をじんわりと酔わせる。自分のためだけの囁きだと思うと、涙が込み上げてくる。

「ヴィー……」

しかし熱く、ずっしりとしたものが秘所に当たると体が自然とこわばった。また痛むだろうか。反射的に腰を引こうとしたが、顔の左右で指先を絡めた手が後退のみならず左右への逃げも優しく封じてしまう。

「私を……受け入れてください、ハリエット」

蜜で濡れた入り口に己を軽く押し当て、ヴィンセントは右の耳殻をチュク、っと吸ってくる。耳の裏にも唇を滑らせ、耳たぶを甘噛みする。そこで焦燥をはらんだキスを右頬に落とされると、恐怖に霧がかかるようだった。

「ありのままを受け入れてください」

受け入れて——きっと体だけのことを言っているのではないはずだ、とハリエットはぼんやり思う。

「力を抜いて、息を吐いて」

右手に重なっていた掌が、手首、肘《ひじ》へと下りていく。腰を摑まれたかと思うと、ぐっと引き寄せられ、ハリエットのほうから彼のものを咥《くわ》え込む格好になってしまう。

「ア、ああっ」

驚いたのは、先端がさほど抵抗もなく入り込んできたことだった。先ほど、力任せに繋げられそうになったときとは違う。

「愛しています……辛いのは一生に一度だけ、そのたった一度を、私にください」

蜜に滑り、屹立《きつりつ》はハリエットの内側をわずかずつ侵食していく。とてつもない質量を呑み込まされる衝撃に奥歯を食いしばると、喉笛《のどぶえ》へのキスが顎をそっと持ち上げた。

「ふっ……は……」

途端に呼吸が楽になる。

思いやられているとわかって、少しだけほっとする。

「そう、そのまま楽にしていてください」

奥へ奥へと蜜源を出入りされるたび、ぎ、ぎ、とベッドの木枠が鈍く軋んだ。

「ん……ん、っ」

鋭い痛みに滲む涙は、彼の親指が拭ってくれた。頬を掌で包み込み、視線を合わせて安堵感を与えながら、苦痛に寄り添おうとする真摯さが胸に迫る。

この人のためなら耐えられる。ハリエットは浅く息をしながらヴィンセントの肩にしがみついた。

先ほどの強引さが嘘のように丁寧に、内側はひらかれていく。

「もう少し、です」

「あ、ぁ……ヴィ、……ンセ……ト」

本来、結婚した夜に行うはずの行為だ。背徳感はあるのに、もっと触れ合っていたいと願う気持ちには逆らえなかった。

「あなたのなかはこんなに狭かった、のですね。狭くて、優しくて、きつく抱き締められている気になります」

険しい顔をしたヴィンセントは、ハリエットの奥をゆったりと押し上げて自身を深々と収める。

「んっう……ぁあ、っだ、め……深……っ、いや、なか、が」

おかしい。まだ根元まで収めきっていないのに、先端に行き止まりを圧迫され、激しい愉悦《ゆえつ》に喉を反らせてしまう。

「少しだけ我慢して、全部受け入れてください」

ハリエットの体が小さいからなのか、ヴィンセントのほうに質量があるのか、余りなく繋げようとするとどちらにも容赦ない圧迫感がもたらされる。それは痛みに届きそうで届かない、鮮烈な悦だった。

「ここ、に……押し付けて、出したい……」

グリグリと行き止まりを抉《えぐ》る先端は、今にも欲を吐き出しそうになっている。

「あ、はぁっ、あ……っ、ャ……めて」

「……やめられるはずがないでしょう。何年、耐えたと思ってるんです?」

戒めるように勢いをつけて奥を押し上げられると、胸のほうまで痺れを感じてわけがわからなくなりそうだった。

「揺さぶりますよ」

悶えた体の上で柔らかく揺れるふたつの小山は、大きく出したヴィンセントの舌にとろけさせられる。こんなに舐められたら飴のように小さくなっていきそうなものなのに、胸はふっくらとした形のまま柔らかく波を打つ。

「あなただけだ……」

「はぁ、っ、ん、ぁ、ヴィー、っ」

「私が疎む私を……私より先に受け入れて、尊重してくれた」

右胸の先端を咥えられる。吸って、引っ張ってから放されれば、それはふるりとゼリーのように細かく震えた。

「あのクリスマスの晩から、ずっと、可愛くて、奪ってしまいたくて」

「あ、あ！」

「愛してます。……愛してるんです」

あのクリスマス、というのはハリエットが六つのときのクリスマスをさすのだろうか。だとしたらふたりは同じ日、同じときに恋に落ちたということになる。

「絶対に誰にも渡さない。オーウェンにも、他の誰にも」

せめてもっとゆっくり動いてと望めば、反対に、大胆なまでの湿った音を立てて、長いストロークの出し入れが始まってしまった。

「やっ……あぅ、ん、あ……もっと、浅くきて……っ」

「無茶を言わないでください……それでは、生殺し、だ」

「あ、ゃあああ、っ……でも、壊れちゃ……ぁ、あ」

揺らされるたび、体のあちこちのネジが緩んでいくような錯覚をおぼえる。ゆるゆると浮いていって、いつか全体が崩れ落ちそうなほどに。

なのに内壁は何度もすぼまって、前後する楔に絡みつく。絡みついて、彼から熱を搾り取ろうとする。恥ずかしいと思うのに、感じることを止められない。

「やぁ、ぅ、んん、なにか、きちゃ、う、ヴィー……っ」

「いくらでも達《い》って。今夜は戯《たわむ》れじゃない。夫婦がすることを最後までします。もう二度と、あなたが引き返せないように」

奥を押し込んで刺激する先端に容赦はなかった。蜜を溢れさせて奥の壁に食い込み、執《しつ》拗《よう》にそこをほぐそうとしてくる。

「ハリエット……私の家族になって……」

「あ……、ッぁあ、あ！」

堪えきれず、腰ががくんと揺れる。

達したことを自覚するより先に、内壁が彼のものを強く締め付けて快楽を得ていた。止まらない痙攣《けいれん》に、蜜が増して溢れ出していく。

「ッ……受け止めて、ください……どうか」

切願するような響きだった。

そのとき体内に広がる熱を感じて、ハリエットはぞくりと体をわななかせる。

彼からの快感の証だ。与えられれば与えられるほど嬉しくて、歓迎に大きくうねった内壁が、与えられたものをより奥へと導く。残滓《ざんし》をも搾り取って、我がものにする。

「私の狂気が、あなたを愛しています……」

「あ……ぁ」

してしまった。結婚前なのに夫婦と同じ行為を。後悔はしていないけれど、後ろめたさはもちろんある。

しかしそれ以上に、幸福だった。

ずっとずっと夢見ていた一夜だ。三年越しでやっと叶った。そう思うと、感極まってますます泣けそうだった。

悦は背筋を駆けのぼってきて、甘いため息をこぼさせる。

「……は……」

そこでハリエットが脱力感に襲われて目を閉じるも、ヴィンセントの動きはやまない。

「もっとだ。もっと、狂うほどあなたを抱きたい……」

恍惚とした声は優しく闇にとけて、室内にはしばらくの間、ベッドの軋む音が連なって響いていた。

3、

帰宅したのは、毎日決まって朝食のパンを買いに出る時刻だった。

院長に詫びを言ってから、部屋へ戻って黒いワンピースと白いエプロンへ着替える。

バッスル入りのドレスは、洗濯屋にお願いしてから院長へ返すつもりだ。

ジュディは昨夜の成り行きを聞きたがってそわついていたけれど、今朝は私が、と伝えて単身で街へ買い出しに向かった。夕べは結局戻れなかったし、このくらいはさせてもらわなければ申し訳が立たない。

といっても六軒先の新聞屋の前でかさついたバゲットを、院の建物の前で薄いミルクを購入するだけなのだけれど。

（……また来週、か）

ヴィンセントはそう言っていたが、実現するだろうか。体を許したことに後悔はなくても、ハリエットはまだどうしても彼との約束を信じきれなかった。

なぜ父の葬儀に出席してくれなかったのか、三年間もどこにいたのか、どうやって侯爵の地位を手に入れたのか——あの胸の傷についても、教えてもらっていない。

心を委ねきるにはわからない点が多すぎるのだ。離れていた三年を埋めるだけの対話はできていないし、かけた時間も充分とはいえない。そんなふうに考えながら、ハリエットが最も恐れていたのは彼がまた突然消えてしまうことだった。

予期せぬ喪失。

それはハリエットにとって、闇のように暗く恐ろしいもの。だから一度裏切った彼を信じるには、大きな勇気が必要だった。

「ハリエット！」

男の声で呼びかけられたのは、パン売りの老婆からバゲットを三本購入したときだ。振り返ると、厳しい顔をしたオーウェンが駆け寄ってくるのが見える。

「おはよう、オーウェン」

「おはよう、じゃない！　今日、明け方に帰宅しただろう」

怒気がかかった声色だった。

「まさか一晩中あいつと一緒にいたのか。あいつの屋敷で、朝まで、……なにを話した、なにがあったんだ」

　ふたりだけの秘め事を覗き見られていたようで、ハリエットは不快感に眉をひそめる。

「どうして知ってるの」

「狙われていると言っていただろう。だから院の周りで警戒してたんだ。決してきみの行動を監視していたわけじゃない」

　オーウェンはほんの少し淋しそうに目を伏せたあと、周囲を見渡して小声で言う。

「話があるんだ、ちょっといいか」

「ごめんなさい。子供たちを護ってくれたことにはお礼を言うけど、私、急いでるの」

　きっとまたプロポーズだろう。今はヴィンセントの悪口は聞きたくない。勘ぐって、不安になって、体を任せたことを後悔したくはなかった。信じるのは困難でも、闇雲に怖がって逃げ出すのはやめたかったのだ。

　するとやや乱暴に肩を摑まれ、狭い路地へと連れ込まれてしまう。

「……聞いてくれ、ハリエット。ずっと黙っていたが、あいつの家族、ランハイドロックの一族は三年前に全員死んでる。生き残ったのはヴィンセントひとりだけだ」

　ぱっ、と脳裏に彼の家族の姿が浮かんだ。オートマタのような、あのつくりものめいた一族が、死……？

「どういうこと？　まさか、流行病にでも……」

「違う。殺されたんだ。一族全員が集まる夜会で、押し込み強盗にやられたと聞いている。

だが、わざわざ大勢が集まる場所に金銭目的で押し入る馬鹿がどこにいると思う？」

　確かにそのとおりだ。ハリエットが疑問に首を傾げると、鬼気迫る口振りでオーウェンは続ける。

「本題はここからだ。耳にした捜査情報によると、被害者はほとんどが鋭利な刃物で喉をやられてる。五人の兄たちはなぜだか銃殺なんだがな」

「お兄さまも亡くなられたのね……」

　そっくりな五人の顔が思い浮かぶが区別はつかない。

「ああ。で、その刃物で真一文字に喉を搔く手口が、近頃この街に出没するようになったあの『切り裂きジャック』と似ているんだ」

「……じゃあ、ヴィーの家族はジャックに？」

「断言はできない。だがもうひとつ、実は四件目の事件でジャックの目撃情報がある。銀の髪に細い体、女のように綺麗な容姿、だそうだ。それに警察内では『寛容なる』侯爵が以前、犯罪者だったという噂もあって……」

　聞くなりハリエットは肩を摑む手を振り払っていた。彼の言いかたはまるで、ヴィンセントが一族殺しの犯人で、さらに『切り裂きジャック』だと決めつけているかのようだ。

「仮にも幼馴染みでしょ。どうしてそんなに捻くれた見方ができるの！」

　ヴィーが人を殺《あや》めるなどありえない。理性的な人だった……少なくとも三年前までは。

「俺は市警の人間だ。疑わしい人物なら身内でも疑うさ」

「でも友達よ。疑わしき人物かどうかくらい判断がつくはずだわ」

「きみを捨てなければ信じただろうよ。ハリエットだってきちんとヴィンセントを疑ったほうがいい。いくら甘い声で囁いたって、果たして本心かどうか——」

「言わないでっ」

それは一番聞きたくない言葉だった。最初から不安定なのに、これ以上は揺らぎたくない。くるりと背を向け、来た道を一目散に駆け出す。

引き止めようと腕を伸ばしたオーウェンは、ハリエットの手首を掴み損ねて切なげに舌打ちをした。

——オーウェンの言うことは無茶苦茶だわ。

似ている、というだけで彼はなにもかもを簡単に結びつけすぎている。銀の髪をした美しい容姿の人間なら彼以外にも存在するはずだ。

そう思う気持ちの片隅に引っかかるのは、昨晩、ベッドの上で垣間見た狂気だった。枷をつけた自分に跨がった、別人のような一面……すぐに解放してくれたし、触れる手はずっと優しかったけれど。

もしかして、家族が殺されたショックで、あんな残酷なことができるようになってしまったの？

変わってしまったの？

それともずっとあんな本性を隠していたの？

そんなふうに考え込んでいると、院の建物の前に牛乳を売る男が見えて、ハリエットは去っていきそうなその背中を呼び止めようとする。そこで、

「……ハリエット！」

建物からまろび出た小さな人影が叫んだ。院の子供のひとり、八歳の男児トミーだった。

思わず立ち止まり、ハリエットはバゲットを抱えていないほうの手を腰に当てる。

「こらっ。私のことはハリエットお姉さんって呼ぶように何度も教えたでしょっ」

いかに童顔とはいえ、呼び捨ては甘く見られているようで聞き捨てならない。それに、保護者として彼らにはきちんとしたマナーを身につけさせなければ。まったく、と続けて小言をこぼそうとすれば、右手を強く引いて急かされる。

「大変なんだ、部屋が、部屋が燃えてる……！」

咄嗟に建物を見上げると、二階の窓から黒々とした煙がのぼり始めていた。

＊＊＊＊＊

「投げ込まれたのよ、火のついた新聞を。あの勢いからして、たぶん中には石かなにかが

くるんであったんだと思うわ」

ジュディは震えながら言って、磨き上げられたテーブルの上のホットミルクを一口飲む。

また食堂が狙われたのね、とハリエットが左隣の席から問うと、そうよと低く返された。

「いつもならパンを買って戻って、全員で食堂にいる時間じゃない？　これまでの経緯を考えれば、ハリエットが狙われたとするのが妥当でしょうね」

昨晩、ヴィンセントとワインで乾杯した広いホールでは、煤《すす》で体中を黒くした子供たちが無邪気に遊び回っている。

焼け出された院の者は全員でナヴァール卿の邸宅へ避難させてもらったのだ。

孤児院の建物は二階から上が全焼だった。幸い、子供たちは大した怪我もなく無事だったが、煙で喉を痛めた院長だけは別室で医師の診療を受けている。

「いち早く馬車を寄越してくださったナヴァール卿にはなんとお礼を言ったらいいか……」

眼鏡の位置を直しながらジュディが着席したまま頭を下げる。院長を助けに戻ったときに焼けてしまったという、縮れた赤髪がかなしい。

一緒に救出活動をする、と言ったハリエットを止めたのは後を追ってきたオーウェンだった。彼は現在現場検証中だろう。

「いえ、貴族のつとめですから」

ヴィンセントは気遣わしそうに答えたあと、向かいの席からハリエットへと視線を流す。

「ところで、狙われている、とは一体どういうことか……説明していただけますね」

そんなふうに問われたら、これまでの経緯を話さないわけにはいかなかった。ジュディの肩に右腕をまわし、ハリエットはテーブルの反対側にいる彼に語る。

十回にも及ぶ投石、霧の中で誰かに跡をつけられたこと、人混みで妙に絡みつくような視線を感じたこと――。

打ち明け終わると、彼の細めた両目には明らかな怒りが灯った。

「……死にたくなるような罰を受けさせてやる」

そんなふうにヴィンセントは言ったが、子供たちの声に掻き消されてハリエットの耳には届かない。

この日、恐らく最近で一番、邸宅内は賑わった。

ゲストは正装もマナーもほとんど知らないやんちゃばかりだが、ヴィンセントは彼らを紳士淑女のように扱い、美味しいお茶を振る舞ってくれた。

正午には同じく美味しい昼食をごちそうしてくれたし、午後になると、いつの間に頼んでいたのか、デパートの外商が子供たちに新しい服を持ってやってきた。もちろん院長とジュディ、そしてハリエットの着替えもだ。

子供たちの汚れた服を着替えさせてくれたのは臨時の子守役三人だった。急遽、街で雇ってきたらしい。つまりハリエットたちに子供たちの身の回りの世話をする必要はなくなったわけだが、ヴィンセントは夕方になるとかいがいしくも自ら遊び相手役をかって出てくれた。

「僕のことはセスと呼んでくれればいいよ。よし、夕飯までみんなでラウンドゲームでもしよう」

僕、という耳慣れない響きにハリエットは疑問を覚える。だが子供たちと視線の高さを合わせ、優しく話しかける姿には将来を彷彿《ほうふつ》とさせられて胸が高鳴った。

自分の子供にもあんなふうに接するのだろうか。

「ラウンドゲームってなあにー？」

「丸いテーブルを囲んでゲームをするんだ。カードにルーレット、ルールはいろいろあるよ。いい子にできるかな？」

いつものヴィンセントらしくない、やけに柔らかい物言いが耳にくすぐったい。

「できるーっ」

わあっ、と盛り上がった子供たちはしかし、じっとしているのが大の苦手だった。案の定途中で飽きて騒ぎ出してしまう。

「セスお兄ちゃん、おにごっこしようよー」

「ゲーム、むずかしいよぅ」

「あははは！　いいよ、じゃあ体を動かす遊びに変えよう」

大声で笑ったところなんて見た覚えがなかったから、ハリエットは驚いて目を瞠《みは》った。

本当の少年だったときより少年らしい笑顔に、胸がきゅんとさせられる。

（あんなふうに笑えたんだ……）

嬉しいと同時に、ほっとする。

あんなことがあったばかりなのに、つられて笑顔になっている自分に気づいたから。

思えば幼い頃も、なにがあってもヴィンセントさえ側にいてくれれば安心できたっけ。

その後、剣の構えを教わった少年たちは尊敬しきり、ダンスの練習のあとに手の甲にキスを受けた小さなレディたちはぽうっとして、もはやヴィンセントが王子様にしか見えないようだった。

「ありがとう、何から何まで。感謝してもしきれないわ」

チャイルドルームで遊び回る子供たちを前にお礼を言うと、どういたしまして、と真新しいスカートの陰で手を握られる。

「そんなに恐縮しないで。貴族のつとめだなんて言ったけど、本音はただきみの力になりたいだけなんだ」

「ヴィー」

「早速だけど教会を借りたよ。街外れの、ステンドグラスが綺麗なところ。行ったことあるだろ」

日曜のたびにミサに訪れる場所だ。なぜ知っているのだろう。

「ええ。私あの教会、大好きなの。……だけど式はまだ」

そこまで考えられない。火事のこともあるし、ヴィンセントとはもっと話し合ってからでなければ先へは進めない。

とはいえ、話し合ったくらいですべてを信用できるようになる自信はなかった。結婚前に置いていかれる心配は、結婚するまできっと続くだろう。

ならばこのまま、押し切られて結婚してしまったほうが幸せになれるのかもしれない。

(……本末転倒だわ)

晴れて夫婦になったあとも不安が消えない可能性だってあるのに。

堂々巡りの末に吐息したハリエットの右手を、ヴィンセントは口元に持っていってキスをひとつくれる。

「ノーとは言わせない。きみはもう僕のものだよ」

敬語をなくした柔和な口調にやはり引っかかるものを感じつつも、にこっと懐っこく笑いかけられれば、胸は勝手にときめいてしまう。

不思議だ。

今日のヴィーはなんだか可愛くて、髪をくしゃくしゃに撫でて抱き締めたくなる。

＊＊＊＊

事情聴取が必要だ、と言ってオーウェンが尋ねてきたのは、あたりがすっかり暗くなってからだった。

「ジュディの証言通り、現場からは新聞にくるまれていたらしい石が見つかった。大人の男の拳ほどの大きさだ。直接当たる者がいなくて、それだけは不幸中の幸いだったな」

応接室の一角、花柄のティーカップを傾けてオーウェンは神妙な面持ちになる。市警の制服がところどころ汚れているのは火事の現場を漁ったからに違いない。

応接間のシャンデリアは邸宅唯一のフットマンによって灯された。暖炉の前の主の席にはヴィンセント、すぐ傍のソファにはハリエット、その左隣にジュディ、円卓を挟んでハリエットの向かいにオーウェンが腰をおちつけている。

「ハリエット、酷なことを聞くかもしれませんが、あなたは狙われる理由に心当たりがありますか？」

キルティング加工が施されたソファの上、肘掛けに頬杖をついてヴィンセントは問う。

「『切り裂きジャック』が現れる以前、人の恨みをかったような覚えは」

「……いいえ、ごめんなさい。でも、気づかないところで誰かを傷つけるようなことをしていたのかも」

なにがどんな恨みに繋がったのかは、恨めしいと思う本人にしかわからない。ないと言い切ることはできない。だがそんなハリエットを庇うようにジュディが身を乗り出して声を荒らげた。

「まさか！　あの界隈でハリエットを嫌っている人間なんていないわ。身分関係なく友人でいてくれて、貴族なのによく働くいい子なのよ。恨みなんてかうわけが……」

「そこが恨まれたのかもしれないな」

とボソリ、悟ったように言ったのはオーウェンだ。

「どういう意味よ。ハリエットがいい子なのが悪いって言うの」

「逆恨みだよ。自分にないものを持っているから疎ましがられた、という可能性は否定できない」

「自分にないもの？」

「ああ。ひがみやすい人間が自らに欠けていると思うような、けがれのない純粋な性質ほど敵視されるものだろう」

それは真理かもしれなかったが、ハリエットは冷めていく紅茶を膝の上に見ながら虚しい気持ちで問う。

「じゃあ、皆そんな理由でジャックに襲われたの？　靴磨きのおじさんも、優しくていい人だったから……」

殺されたとでも言うのだろうか。そんなの理不尽極まりないし、納得できない。

それに、その仮説では過去の被害者全員がハリエットの知り合いであることにも説明がつかない。

するとヴィンセントが厄介《やっかい》そうに息を吐いた後、口を開いた。

「凶行を繰り返す狂気に、そう簡単に一般的な感覚を当て込めるとは思わないほうがいいと思います」

「どういう意味だ？」

「一度目はそれなりの理由があったとしても、二度三度と回数を重ねるうちに快楽性が芽生えた可能性は高い……そもそも犯罪というのは通常の価値観ではかれないから理不尽で残虐なのでしょう」

彼の口調には不思議な確信が込められている。まるで同様の、実際の被害にあった経験があるかのような――。

「なんだ、おまえには別の仮説があるってのか。話してみろよ」

「……ないこともありませんが、それは仮にも警察官が言う言葉ですか」

「ハリエットの身に危険が迫ってるんだ。誰のどんな意見だって聞いておくさ」

強気のオーウェンを一瞥し、ヴィンセントは呆れたように手元のティーカップを見下ろしながら言う。

「連続殺人犯の犯行としては、ハリエットに対してしくじりすぎていると思いませんか」

「しくじる？　どういうことだ」

「他の被害者が直接喉を掻き切られて殺害されているのに、ハリエットにだけは執拗に、細かな嫌がらせを繰り返して決定打を打たないのが気になります」

言ったあと、体を起こしてカップとソーサーを卓上へ置き、続ける。

「火事を起こして殺そうとしたにしても、手口が違いすぎる。ハリエットの身辺で起こっている出来事と切り裂きジャックの事件は、分けて考えるべきではないでしょうか。あるいは、ジャックがそうして少しずつ彼女を追い詰めようとしている、と言うのなら同一犯説も否定できませんが」

滔々《とうとう》と語る彼を、ジュディは感心したように見つめている。相変わらずの鋭い意見だ。ヴィンセントは昔からこう、議論が煮詰まる頃に正しい方向へ導いてくれる人だった。

「別人だとしても、双方に注意を払ったほうがいいでしょう」

「……だな」

答えて短く吐息したオーウェンを横目に、ハリエットは冷めた紅茶を一口飲む。場の雰囲気の所為《せい》か、あまり美味しいとは感じられない。

――ほんの少し青っぽいような味……？

先日お邪魔した際、寝起きでいただいた紅茶とは明らかに味が違う。

「そういえば、マスグレーヴ侯爵はどうやって国王陛下の信用を得たんだ?」

ふと気づいた様子で、オーウェンは語調を変えた。様子をうかがうような問いかただ。

「どうして別人の名を名乗ってるんだよ。まずいことでもやったか、ヴィンセント」

「尋問ですか」

「まさか。興味があるだけだ。寄宿学校の同級生のうちじゃ、おまえが一番の出世頭だからな。どんな手を使ったのか、真似できるものならしてみたい」

オーウェンが言い切る前に、ヴィンセントの表情はすうっと冷たくなる。青ざめたのではなく、怒ったのだとハリエットにはわかった。

「……真似などできるはずがない」

「あ?」

「ぬくぬくと守られて育った人間に私の苦心がわかってたまるか、と言っているのです。でなくても打ち明ける気にはなれませんが。三年前、私を嵌《は》めようとしたトレヴェリアン家の息子にはね」

恨みのこもった言いかただった。

(嵌めようとした? オーウェンの家がヴィンセントを? 三年前、ということは私の前から消えた頃に?)

疑問に思いながらもハリエットはふたりをなだめようと腰を浮かせる。喧嘩《けんか》をしても、昔のように戯《たわむ》れあいで済む関係でいてほしかった。そのときだ。

「……ぁ、っ……？」

違和感を覚えて、ハリエットはソファの上で背中を丸める。苦しい。なぜだか、胃のあたりが焼け付くよう。食道をどろっとしたものがせり上がってきて胸を押さえずにはいられなくなる。

目に入るのは卓上の飲みかけの紅茶だ。そういえば、味がいいとは言えなかった。持ってきてくれたのは、確か、フットマンではなく午後からやってきた子守役のうちのひとりだった。

「う、く……っ」

風邪のときの気分の悪さとは別物だ。

これはまるで、食中毒を起こしたときのような――。

「ハリエット！」

叫んだのはヴィンセントだったが、立ち上がるのは他のふたりも同時だった。

＊＊＊＊

状況から、毒物はハリエットのカップの中にのみ混入されていると推察できた。迅速な処置が可能だったのは、院長の治療に来ていた医師がまだ邸内にとどまっていたおかげだ。摂取した毒の量が少なかったこともあり、命に別状はないという。

昨晩抱き合った主の寝室に寝かされ、朦朧《もうろう》とした意識の中でぼんやりと、ヴィンセントとオーウェンのやりとりを聞く。

「一応、現場は保存しておくようにとフットマンに伝えました。市警が到着したら案内もさせます。しかし子守役はすでに逃走を……不覚をとりました」

「仕方ねえよ。火事の直後、ハリエットを迎えに来た馬車にナヴァール卿の紋章がついていたのは周知だ。その子守役はハリエットがここにいることをわかっていて雇われたんだろうな」

「ここはまだ住み始めたばかりで使用人を雇いきれていないのです。今後もこのような事態が起きるのなら、住まいを移動しなければなりませんね」

言いながら、ベッドの右の傍らの椅子にヴィンセントがついた気配がする。きっと心配でたまらない顔をしている。そんな声色だった。

「で、さっきのは事実か？　俺の家族がおまえを嵌めようとしたというのは」

「……ご存知なかったのですね。あなたはもっと、自分の家族に注意を払うべきです」

「どういうことだ。迷惑をかけたなら教えてくれ。家族にも謝らせる」

返答までに数秒、迷ったような間があった。

「過去のことですよ。ただ、トレヴェリアン家のご当主は息子の輝かしい未来を護るためなら手段を選ばない。それを忘れないようにしてください」

「ああ、わかった」

「家族に大切に思われるのは羨ましい限りですが、厄介でもあるのですね」

言い争いをしそうだったふたりが、穏やかな口振りになっていることが嬉しかった。

仲直りしてくれたんだろうか。昔のような関係に戻ってくれた？　意識はあったが、そのことが嬉しくてしばし寝たふりをして会話を聞いていた。

瞼を開いたのは数分後だ。ハリエットは密かに様子を窺うつもりだったのだが、すかさずヴィンセントに覗き込まれる。

「ハリエット、大丈夫ですか。具合は」

右手を握られ、ぎゅっと力を込められたら、胸に温かいものが広がるのを感じた。

「ええ、おかげさまで」

手当ての間、気が気ではない顔をして側についていてくれたことをうっすらと覚えている。

「よかった。私のもとにいながら、危険な目に遭わせてしまい申し訳ありません」

「……ヴィーのせいじゃないわ」

恨みをかった原因が自分にあるのだとしたら、他の誰のせいでもない。だいたい、ここへ来てまで狙われることになろうとはハリエット自身も想像していなかった。するとヴィンセントは両手でハリエットの手を握り直して言う。

「提案があります。犯人が逮捕されるまでの間、私のカントリーハウスへ行きませんか。あそこなら信用できる使用人が揃っていますし、安心して過ごせますから」

私の、ということはマスグレーヴ侯爵の、だろう。

「子供たちは……？」

「一緒に連れて行きたいのはやまやまですが、この家に留まっていただきましょう。フットマンとキッチンスタッフに世話を頼んでおきます。あなたもこれ以上、あの子たちを巻き込みたくはないでしょう？」

まさに危惧していたのはそこだった。自分と共にいては、院長や子供たちが危険な目に遭う。距離を置けるなら置いたほうがいい。

それに、何人かは公立小学校《ボードスクール》にも通っている。先の人生を豊かにするための機会を自分が勝手に奪いたくない。

「うん、ありがとう……」

とりあえず今日はゆっくりおやすみ、と言われて瞼を閉じると、今度は左手に温かいものが覆い被さり、力強く握ってきた。

「俺もついてる。なにも心配はいらない」

オーウェンだ。一瞬、ヴィンセントがたじろいだように感じたが、遠のく意識がその感覚を薄めた。

子供時代に戻ったようで、心から安堵してハリエットは眠りに落ちる。

ふたりの若き騎士に護られていた姫君の頃を夢に見ながら。

4、

「そういえばヴィーの部屋、鏡がないのね」

違和感に気づいたのは、初めてランハイドロック家の所有するカントリーハウスへ招かれた秋だ。ハリエットは八つ、ヴィンセントとオーウェンは共に十四で、彼らは寄宿学校の休みを利用しての帰省だった。

川遊びに勤《いそ》しんだ夏を過ぎ、季節は狩猟の盛期。

これから邸宅の裏の狩り場へ向かおうとしていたふたりは、赤い狩猟用の衣装を身につけていた。新品で参加するのが無粋とされているその服は、双方程よく使い込んだ風合いに仕立てられている。どちらも、勇敢そうで素敵だ。

オーウェンは部屋を我が物顔で突っ切り、ソファに腰を下ろしながらいひひと笑う。

「ヴィンセントはな、鏡が怖いんだと。特に夜の鏡。だから着替えをする部屋以外には鏡を置いてないんだ」

「そうなの？」

「ああ、時計が苦手とも言ってたな。時間を盗まれるんだとさ。知らない間にぽーんと数時間が過ぎるらしい」

　時間を盗まれる……？　わけがわからず首を傾げたハリエットの前、ヴィンセントは格子窓を背にして声を荒らげる。

「余計なことを暴露しないでください、オーウェン」

　慌てた顔は、それでも整った造形のおかげで憂いを帯びたようにしか見えない。

　初恋から二年、会うたびに好きになる人。

「臆病《おくびょう》だよなー。鏡だぜ、鏡。なにか悪いものでも映るってか。でなけりゃ別の世界に通じるとか、自分以外の自分が見えるとか？　ククッ」

　ハンチング帽を被った頭の後ろで指を組み、オーウェンはしたり顔だ。自分が嘲笑《ちょうしょう》されているようで、ハリエットは懸命に言い返す。

「ヴィーをばかにしないでっ」

「ばかにはしてないさ。でも、狩猟の結果によっては俺のほうが優秀な男ってことになるぜ。ま、勝敗はもう決まったようなもんだけどな」

「今年こそきっとヴィーが勝つもの！　それに、寄宿学校では成績トップなのよ。誰にも負けてないんだから」

「紳士の真価は勉学じゃねえんだよ」

「そんなことない！　ヴィーはね、フルートだって上手に吹くわ！」

躍起になって言い返しながらハリエットがオーウェンの左隣に座ると、左側にさりげなくヴィンセントが腰を下ろした。

左に銀髪の秀才騎士、右に金髪のたくましい騎士。体も衣装も今よりさらに小さかったあの頃、ソファは三人で悠々とシェアできるものだった。

「私がヴィーと一緒に狩りに出られたらきっと負けないのに」

「あのなぁ、一対二はフェアじゃねえだろ。それに狩猟は男のゲームだ。女はケーキでもつついてりゃいいんだよ」

オーウェンには呆れられたが、ハリエットは納得がいかなかった。乗馬は好きだし、射撃さえ覚えたら誰より強くなれると思う。かといって、レースたっぷりのワンピースを着てケーキをごちそうになるガーデンパーティーを放棄する気にはなれなかったのだけれど。

「ずるいわ、男性ばっかり楽しい遊びができて。私も狩猟に出てみたい」

退屈そうにむくれれば、ヴィンセントに左手をとられ甲に唇を寄せられる。

「私はハリエットとこうしているほうが楽しいですよ」

ちゅっ、と柔らかく立てられる湿った音。途中、視線を絡めながらの口づけはあまりにも自然で優雅だった。

(どうしてヴィーはこんなに紳士なのかしら……)

どきどきしすぎてのぼせてしまいそうだ。

挨拶以外でも彼はこうして事あるごとにキスをくれる。深い意味はないと思うけれど、こんなにたくさんのキスを受ける令嬢は他にいないところを見るに、単なる気まぐれとも思えない。

自分だけが特別？　聞いてみたくても、否定されるのが怖くて聞けない。乗馬は怖くないのに、恋には臆病だなんて自分でも不思議なくらいだ。

「あなたは慈悲深く、懸命で可愛らしい。流石は私のお姫様です」

「お姫様？　私が？」

「ええ、もちろん」

そう言ってヴィンセントがもう一度唇を甲に落とそうとすると、オーウェンが眉間に皺《しわ》を寄せて会話に割り込む。

「私の、は聞き捨てならねぇな。ハリエットは俺のお姫様だぞ。初めて会った翌日から、ずっとな」

反対の手に対抗心剝《む》き出しのキスを受けて、焦って肩が跳ねてしまった。

程よく筋肉のついた長身のオーウェンは雄々しく、パーティーの席で気を引こうとする

令嬢は多い。体が丈夫で運動神経がいいからか、将来は軍で活躍することを期待して妻の座を狙う者が多かったのだ。

それを言ったらヴィンセントだってその秀麗な容姿と知的な会話で、王族の女性さえも色めき立たせていると聞く。

彼らは決まって、ハリエットの側を離れなかったが。

「りょ……両手を塞がれていたらなにもできないわ……」

頬を染めて照れ隠しにそう言えば、両手をそれぞれさらに強く握られる。

「しなくていいんですよ。あなたはこうして花のように佇んでいてくれたら、それで。大事な大事なお姫様なのですから」

「そうだ。望みがあるならなんだって俺たちが叶えてやる。永遠にな。三人の友情は永遠、三は永遠の数字だと皆で決めただろ。俺は……友情はいつか卒業したいけど」

「卒業……しちゃうの？」

「ああ。そうなったら教会で新たな永遠を誓うさ」

「ええ。永遠の愛をね」

彼らの言葉がなにを示唆しているのか、わかっていたがわからないふりをした。

教会で誓う永遠の愛と言えば結婚。

十代半ばで結婚する者が大半だから、ハリエットにとっても遠い未来の話ではない。

ヴィンセントが本気で言ってくれたのなら嬉しいけれど、こんな発言をするのはオーウェンに対抗するときだけだ。

(ライバルがいなくても、同じことを言ってくれた……?)

一対一で出会ったとしても、こうして甘い言葉を囁いてくれただろうか。

すると部屋のドアがノックされ、ヴィンセント付きのメイド、ジュディが姿を見せた。

「ヴィンセント様、お兄様がお貸しくださった猟銃はチェックしておきました」

「ああ、ありがとう」

それだけの会話で、彼女は去っていく。

「……相変わらず、ヴィンセントひとりに平身低頭《へいしんていとう》なのな、あのメイド」

「私がスカウトしましたからね。市場で、奴隷として売りに出されそうになっていたところを。そういう出会いのほうが忠誠心は根付くでしょう」

「おっまえ、本当に策士だよな。おいハリエット、こいつの手管《てくだ》に巻かれねえように注意しろよ」

オーウェンの言葉に素直に頷くことができなかったのは、すでに巻かれている自覚があったからなのかもしれない。

「失礼するよ」

そこで部屋にやってきたのはヴィンセントの兄たちだった。

揃いの狩猟服に短い銀の髪。ヴィンセントよりやや骨張って神経質そうなイメージの彼らは、何度顔を合わせていても五人の区別がつかなかった。恋文だって何通ももらっていたが、申し訳ないことに差出人が果たして誰なのか、見分けることができなかったのだ。

「やあハリエット、今日も綺麗だね」

「ご、ごきげんよう、お兄さまたち」

名前を呼ぶことを避け、無難に挨拶をする。

きっと、オーウェンや他の知り合いも同様だっただろう。五人を区別して呼んでいる人間を、ハリエットは一度も見たことがなかった。

「では、狩り場へ行こうか、ヴィンセント、オーウェン」

そんな兄たちに連れられて、出て行くふたりを見送る。毎度のことだが、置いていかれるのはやはり退屈だ。

自分も行きたかったな、とため息をついて、窓辺に立ったのも束の間だった。

「ハリエット」

ほんの数十秒後、ひそめた声でそう呼ばれて飛び上がって振り返る。

すると目に入ったのは、口の前に人差し指を置いて、しいっ、と言いながら部屋に戻ってくるヴィンセントだった。

「どうしたの、ヴィー。もう集合時間なんじゃ」

「ひとつ、言い忘れたことがありまして」

走ってきたのだろう。乱れた銀の髪をかきあげ、彼は肩で息をする。

「言い忘れたことって」

「はい。もしも……今回の狩猟でオーウェンに勝ったら」

伸びてきた右手が、ハリエットの左肩から下がるつややかな黒髪の先をすくう。手をとるかのような仕草で持ち上げて、毛先に唇を寄せる。

「私に、キスを許してくださいませんか。挨拶ではない、特別なキスを」

「え」

じっと見下ろしながらの申し出に、うろたえずにはいられなかった。

特別なキス……ということは頬へではなく唇へ、に違いない。

想像しただけでかあっと額まで赤くなってしまう。

「で、でも、ご挨拶でないキスは、け、結婚する相手とだけするものよ」

そのように家庭教師からは聞いている。

婚約者のいる同世代の友人からはもう済ませたという話を聞くけれど、自分にはまだ無縁のものだと思っていた。

「ご褒美のキスです。いけませんか」

彼は髪に口づけたまま距離を一歩詰めてくる。

「あの、だけど、そのっ……」

窓辺にいたハリエットには、すでに後ずさる場所がない。

どうしよう、ヴィーは突然、なにを言っているの？　キス……私と？　ご褒美って……他の女の子にもこんなことを言っているの？

「私が相手ではご不満ですか？」

「そんな！　わ、わ、わたし」

不満なんて微塵もないが、簡単に了承はできない。軽々しく唇を許すのは淑女ではない、とマナーの本に書いてあるのを読んだこともある。

なんと答えたらスマートに本心が伝わるのだろう。恋愛小説を敬遠し、冒険活劇ばかり読んでいた自分を叱りたい。

混乱しきってひたすらぐるぐると視線をさまよわせていると、斜め上から微笑ましげな笑いが落ちてきた。

「その反応からすると、経験はなさそうですね」

「あ、あるわけがないわ……！　婚約者だっていないのに」

ムキになって反論してしまう。経験済みだと思われるのは絶対に避けたかった。

「わかりました。では、こうしましょう。私が勝ったら、あなたはその初めてのキスを他の誰にもやらないと約束するんです」

「他の……誰にも？」

「はい。私がいずれいただくまで、別の男には渡さないと約束してください。奪われそうになっても、私のために守ってください。いいですね」

それはいつか、ヴィーがプロポーズをしてくれるという意味だろうか。その日までとっておいてくれという……そういう意味？

ハリエットは真っ赤なまま小さく頷く。ヴィーと結婚できたら嬉しい。待てと言われるのなら、きっといつまでも待てる。

すると彼は穏やかに微笑み、小走りで部屋を出て行く。

壊れそうな心臓を押さえて立ち尽くし、ハリエットは赤いジャケットの細い背中が廊下の先へ消えるまでじっと見送った。


しかし、この日のヴィンセントとオーウェンが狩ったのはヤマウズラと野ウサギを二羽ずつで、結果は引き分けだった。

「ちくしょう、絶対に勝てると思ったのに」

「仕方ありませんね。数字は絶対ですから」

不本意そうにそっぽを向き合う彼らを見て、ほっとしたような、残念なような。

（ファースト、キス……）

ハリエットは頬を染め、ふたりの視線の外で自分の髪をさりげなく手にとった。ヴィンセントが口づけた左の毛先を、そっと。

瞼を閉じ、そこに唇を寄せて、密かに誓う。

勝負には勝てなかったけれど、初めての口づけはいつかヴィーに捧げよう。

そのときまで、誰からのキスも受けまいと。

＊＊＊＊

毒入り紅茶事件から二週間、ゴートレイルはやはりうっすらとした霧の中にあった。

街の中心部、人で溢れる駅のホームはまさに有象無象《うぞうむぞう》だ。

「スーツケースはこれだけでよろしいですか、奥方様」

お仕着せ服の上品なテイルコートを着た壮年の従者にそう呼びかけられて、ハリエットは戸惑ってしまう。

「わ、私はまだ妻じゃないわ、ジェイムズ」

「ですが、そのようにお呼びせよと主から申しつかっております」

うやうやしく頭を下げる白髪交じりの使用人ジェイムズは、セス・マスグレーヴ侯爵付きの従者《ヴァレット》で、数日前にカントリーハウスから呼び寄せられた四十五の男だった。

年嵩《としかさ》ながら武道には一通り精通しているらしく、体格はオーウェンに勝るとも劣らないたくましさだ。

彼が必要だったのは、第一フットマンをタウンハウスに置いてゆくためだ。信用のおける、そして腕の立つ介添人がいなければ長旅には出られない。

向かうはナヴァール地方――。

ヴィンセント、もといセス・マスグレーヴ侯爵がおさめる南の土地だ。

彼はこの十数日間、常に忙しそうにしていたけれど、それでも時間を見つけてはベッドにいるハリエットを見舞ってくれた。

元気付けようとしてくれたのか、話題は自らがおさめる土地のいかに豊かで温暖かということだった。子供たちと離れるのは寂しいが、だからハリエットはナヴァールへ向かうのが楽しみだった。

「ハリエット、もう座席に座っていたほうがいいわよ。いつまでもホームに立ってたら、いつかトランクを運んでるポーターに轢《ひ》かれるわ」

侍女として同行することになったジュディに、車内から急かされる。

「まさか。運動神経は悪くないつもりよ」

「あなたがいくら俊敏だって、彼らの視界はトランクでいっぱいだもの。後ろから突っ込まれたら終わりでしょ」

確かにそうだけれど、とハリエットは行き交う人々の中に視線を投げる。

（ヴィー、新聞を買いに行く、と言っていたけど見つかったのかな）

戻る場所を見失ったのでなければいい。このまま離れ離れにならなければ……いいえ、彼に限って迷子はありえないわね。そう思い直して車両に乗り込む。

汽車に乗るのは久々だ。コンパートメントは向かって左右にグリーンを基調とした花柄のソファ席が三つずつ、足下はゆったりとしていて各席にオットマンも添えられている。

汽車は馬車と同じく扉を開けたすぐそこが小さな個室になっているのだが、扉を半分ほど閉めたらホームの喧騒《けんそう》はふっと遠くなった。

窓の向こうには、呼び売りの少年少女が行き交っている。オレンジに花、サクランボにハムサンド。商売道具はそれぞれだが、皆、着ているのは貧しそうなツギだらけの服だ。

彼らの多くは学校へ通うこともなく、読み書きも知らず、家族のために働いている。不《ふ》憫《びん》、というより健気で愛おしい。そう感じられるのは、孤児院の子供たちと重なって見えるからだろう。

「あ、待って！」

院の少年トミーに似たサクランボ売りと目が合ったら、声をかけずにはいられなかった。

「一袋、いくら？」

ハリエットは自分の財布から小銭を取り出そうとする。すると、ちょうどそこに駆け戻ってきたヴィンセントが、籠の中の袋全部を気前よく買ってくれる。

少年は満面の笑みで、空っぽになった籠を抱えて去っていった。

「ありがとう。こんなにたくさん食べきれるかしら」

お礼を言いながら、彼の優しさに胸を熱くしてしまう。

「残ったらカントリーハウスに持ち帰って、ジャムかパイにでもしてもらいましょう。我が家のパイは美味しいですよ」

そう言って、右隣の席につくヴィンセントの装いは三つ揃いのスーツに、カジュアルなボウラーハットだ。後ろ髪はひとつに結び、胸元には懐中時計のチェーンを覗かせている。

誰よりも紳士らしいのに男臭さはなく、本当に綺麗でそつがない。

「それは楽しみね。ところで新聞は買えたの？」

問うと、ええ、と答えて彼は胸元から一枚新聞を取り出す。見出しには、国王の在位十年を祝う言葉が並んでいた。

「ここ数日『切り裂きジャック』が出没したというニュースは見ませんよ。心配なさらなくても、お知り合いに被害はないと思います」

「……そう」

ハリエットがなにを心配して紙面を覗き込んだのか、ヴィンセントは承知しているようだ。力強い目をして、きっぱりと言ってくれる。

「あなたにも、もう怖い思いはさせません。私が護りますから」

怖い、か。

彼の胸に下がる銀の鎖を見つめ、ハリエットはぼんやりと問う。

「ねえヴィー。もう時計は苦手じゃないの？　鏡は……？」

不思議そうにジュディとジェイムズが振り返ったことに気づき、すぐに我に返ったが。

「ご、ごめんなさい、いきなりこんなこと」

ふたりきりのときに尋ねるべきだった。最初にこの話を聞いたときも恥じている様子だったのに。後悔しかけたところで、『寛容なる』侯爵はにこりと笑みを浮かべて答える。

「和解は済んでいますから」

「和解……？」

誰と？　問い返す間もなく、会話を翻される。

「それよりハリエット、使用人たちにはあなたを妻として迎えるよう命じてありますから、夫婦として振る舞ってくださいね」

「で、でも、まだ結婚したわけじゃ」

「すぐに仕切り直します。かえってドレスを仕立てる時間ができて良かったですよ。向こうに着いたらまずはデザイナーを手配しましょう。そうですね、国王陛下御用達の意匠室へ依頼するのがいい」

矢継ぎ早の提案にハリエットは焦ってしまう。

「ちょ、ちょっと待って。私は」

イエスと答えたわけでもなければ、九年前のプロポーズが有効だとも思っていない。

このまま押し切ってもらえたらきっと楽だけれど、きちんと考えたいとハリエットは思い始めていた。

屋敷にいる間、ヴィンセントは誠実だった。臥《ふ》せっていた自分の世話も子供たちの相手も、使用人任せにはせず、常に誠実に尽くしてくれた。

だから、こちらからも歩み寄りたい。

(どうにかしてこの恐怖を克服できたら……)

ハリエットは俯き、ルビー色の果実を一粒頬張る。農園でも近くにあるのかもしれない。しっかり熟していて、甘くて美味しい。なのに、酸っぱさばかりが舌に染みた。

「――では、わたくしどもは隣に控えておりますので。ご用の際はお呼びください」

列車が動き出すと、ジェイムズとジュディはそう言ってコンパートメントを出て行く。

というのも、この一等車両は不審者を警戒したヴィンセントがまるまる貸し切ったため、隣接した区画の座席が空いていたのだ。

「一席でも高価なのに、まさか一両ぜんぶ借りるなんて……」

恐縮するハリエットを尻目に、ヴィンセントは廊下側のカーテンを手早く下ろしていく。

「なにしてるの？」

「せっかくふたりきりになれたんだから、きみを独り占めしようと思って」

振り返った彼の顔には、少年っぽい作為的な笑みが浮かんでいる。直前までの紳士的な彼とは、別人のような物腰だ。

「じっとして」

座席の正面から覆い被さる格好で抱き寄せられてハリエットは身をすくめる。

「ま、待って。私、あの」

「僕に触れられるのは嫌？」

ちがう。彼が嫌なら最初の晩に舌を噛み切っている。

「だって、汽車の中よ」

「なんのための貸し切りだと思ってるの」

「で、でも」

「いい子にして。大丈夫、優しくするから」

震えながらかぶりを振ったけれど、背中のリボンは簡単に解かれていた。

今のままの関係で、何度もこんなこと……だめ。

しかし開こうとした唇は確信犯的に柔らかく塞がれてしまう。甘いキスが拒否の言葉を呑み込ませてしまう。

「ハリエット……好きだよ」

右耳に淡く囁かれて、指先は心より正直に彼のジャケットの袖口を摑んで応えていた。

――私だって。

またあなたに惹かれている。

だけどあなたはいつかまた、ふいに消えてしまわない？

＊＊＊＊

肘置きに左右を、そして正面をヴィンセントに塞がれた空間は、互いの体温を移し合ったみたいに熱っぽい。

音を立てて下唇をついばんだ唇は、顎を伝って喉へと下りてゆく。ワンピースの襟に阻まれて止まるかと思いきや、胸元のボタンはキスのさなかに外されていたらしい。

すんなりと肩をはだけさせられる。その隙を狙って、左の膨らみの始まりには赤いあとを残された。

「……あ」

ひとつ、息をこぼしたらもはや引き返せそうになかった。

コルセットから押し出された両胸は、左の先端からこぼれてしまいそうなものを啜《すす》りとるように口に含まれる。右の膨らみは優しい掌にそうっと握られて、背筋は甘く痺れた。

「んう、っ」

「可愛い……けど、座席でするのは無理かな。肘置きが邪魔だね」

くすりといたずらっぽく笑いながらドロワーズを脱がされると、触れられた割れ目はすでに蜜でひたひただった。

「受け入れる準備は万端みたいで嬉しいよ」

「やぁ……」

脚を開いて、かかとを座面の端にのせられる。恥ずかしくて目元を左の腕で覆ってみたけれど、羞恥の度合いは変わらなかった。

彼の右の中指は花弁の間に割り入って粒を転がしている。谷に指を沿わせて、粒の左右を前後しているさまは蜜の感触を楽しんでいるようでもある。

身悶えすると、戒めるように指の腹で粒の先をとん、とつつかれた。

「あ、ャ、やぁっ……だめ、っ」

「へえ、これがいいの？」

続けて粒の上に刺激を落とされ、体の芯が緩くなる。指先は軽く優しくそこを叩くのに、感じる衝撃は大きすぎて腰が揺れるのをこらえられない。

「きみを震えさせているのが自分だと思うと、それだけで恍惚としてくるね」

蜜がぴちぴちと音を立て始め、ハリエットは下唇を噛む。

とろりとしたものがお尻へと伝っていくのを感じて思わず涙ぐむと、垂れた雫を生温かいものが拭った。彼の舌だ。

「っ……！」

あまりのことに、咄嗟には言葉が出なかった。

舌は脚の付け根をたどり、右の花弁をそっと舐める。そうして様子を見てから、粒をクチュリと大事そうに啜る。

「……だ、め、お願……やめ、やめて、ヴィー、それだけは」

いけないと思う。

国王の右腕が、床に膝をついてそんな場所に顔を埋めるなんて。ハリエットにしてみれば恥ずかしいところを開かれるだけで気絶しそうなのに、舐めるなんて。

淫らすぎて気を失ってしまいそう。両目を固く閉じ、真っ赤になってかぶりを振るハリエットの左の毛先を、ヴィンセントは左手を伸ばして優しくすいてくれる。

「嫌がらないで。好きだからすべてを知りたいんだ」

これまで耳にした中で最も丁寧で、思いやるような響きだった。

「でも……っ」

「綺麗だよ。どこもかしこも、きみはきれいだ。恥ずかしがる必要なんてない」

左頬を撫でられて、肩が跳ねる。懐かしい、花のような香りがするのは彼の掌からだろうか。初めてプロポーズされた日のことが胸に蘇り、甘酸っぱい切なさが込み上げる。

「ヴィー、わ、私」

触れられていること自体は、本当は嬉しい。けれど……心地いいと素直に感じてしまってもいいの？

薄く瞼を開けて恐る恐る見てみれば、神聖なものを仰ぐような視線で見つめ返された。

「きれいだ。信じないのなら信じられるまで囁くよ。きれいだ……きれいだ。こうしていても、手なんて届いていないのかもしれないと……高嶺《たかね》の花だと思う」

ぞくぞくと体の表面を悦が駆けのぼってきて、歯の根元が浮くように力が入らなくなる。

「ぅあ、あ、そんなこと」

「誰の目にも触れさせたくない。本気で閉じ込めてしまいたいくらいなんだ」

惜しげもなく与えられる賛辞と愛撫に、抵抗する術などあるはずもない。幾重に蜘蛛《くも》の糸でもかけられたかのように、ハリエットは巧みな舌先に身も心も囚われていった。

「力を抜いて……」

気がつけば窓際に立たされて、その催促を左耳で聞いていた。スカートを捲り上げた状態で後ろからゆっくり彼のものを呑み込まされる。奥に先端を押し付けられて思わず爪先立ちになると、肩を摑まれて元の位置へと戻された。

「っは、……っ」

「本当に狭いんだね……浅い結合でも奥まで届いてしまう。突くよ」

立ったまま繋がるのも、ベッド以外の場所でするのも初めてだ。けれどすでに、やめて、なんて嘘でも言えない状態にまで体は熱くなってしまっていた。

（もっと……）

この十数日、側にいたのに抱かれることはなかった。体の状態を考えてそっとしておいてくれた、その心遣いは嬉しかったが、ハリエットは少しだけもどかしかった。毎晩、おやすみと言いながら与えられる控えめなキスをどれだけ焦れったく感じていたか。

「しばらく、こうして動いていてもいいかな」

無言で頷くと、中のものを軽く引き抜かれてすぐに奥へと打ち付けられる。

「きみも悦《よ》さそうだね。蜜が溢れてくる……こんなに」

「言わな、いで……」

あれだけ執拗に愛撫されたあとなのだ。とろけていないわけがない。

「ん、ん……っ」

蜜はつぎつぎに太ももへ溢れる。湿った音を立てて前後する彼の楔は、相変わらずとてつもない質量だった。毎回きちんと奥の壁に当たるのがわかって、強すぎる快感に気が遠くなる。

「ひ……ざ、折れちゃいそ、う」

「大丈夫。倒れる前に支えるから……怖がらずに僕を感じて」

彼の動きに合わせて、ガタガタと揺れる扉の感触さえ甘く思える。

窓の外を流れて行く景色に人の姿はない。ゴートレイルの駅を発って一時間、汽車は雄大な自然の中をひた走っている。

時折、カーテンの隙間から見えるその景色に、しかし見惚れる余裕はなかった。

高い声を上げそうになるのをこらえ、露出した胸を右腕で隠す。もしも誰かに目撃されたら――反対の腕を肘からガラスに張り付けて、ハリエットは体勢を保つ。しかし、

「綺麗な胸、隠さないで。触らせて」

右手は簡単に胸の前から外されてしまう。無防備になった両胸は寄せるように掴まれたかと思うと、すくい上げて前方へ突き出される。

「ひゃ、ッぁ、ヤ⁉」

桃色の先端をカーテンの隙間からガラス窓になすりつけられて、びくっと背が反った。

「っ、ヴィー……だめ、ぇ……つめ、たい」

「冷たいのは嫌い？　ナカはこんなに締まって喜んでるのに？」

ガラスの上へ小さく円を描かれて、胸の先は硬く立ち上がっていく。

「んぅ……！」

「ほら、また。もっとしてほしい？　それとも、もう出されたい、とか？」

その声色は、院の子供たちに接するときの無邪気なものと同じだ。姿に変化はないのに、ガラスに映る表情は普段より柔和にも見えて、倒錯《とうさく》感すら覚える。

（どうしちゃったの、ヴィー）

何日も子供の相手をしていたから、少年っぽい口調が身についてしまったのだろうか。それともこれが本当の彼？

「今日は僕がここに出させてもらうよ。僕だってずっと、きみを好きだったんだから」

僕——また、僕、だ。

しかし屹立を根元までねじ込みながらの囁きに、意識は遠くさせられる。

「あ、ぁ……、いじめ、ないで……」

「いじめてないよ。僕は出し入れをするより、こうして全部を包み込まれているほうが好きだな。きみの優しさが伝わってくる」

奥を突き上げたまま胸の突起をガラスの上でぐりぐりと動かされ、込み上げる愉悦に浸されたら冷静な思考は働かない。

「ハリエットだって、これが好きなくせに。濡れすぎだよ？」

「ッそ、んな……こ、と」

「僕のことは好きだろ。呼んで、セス・マスグレーヴの名も」

「あ、ァあ、あ……、ヴィー……セス、っ……」

乞われたとおりにその名を呼べば、クスリと右の耳元で笑われる。

「僕らふたりを同時に手玉にとろうだなんて、きみは本当に悪い子だね」

体が三つあればいいのに、全員できみを何日も抱くのに、との意味深な台詞はもはやハリエットの耳には届かない。ゆるゆると奥の壁を擦られ、震えながら懇願する。

「いゃぁ、っ、もぅ、いっちゃ……っお願ぃ、き……て」

「おねだりが上手だね。とても可愛い。欲しいの？　たくさん？」

「あ、あ、っうん、たくさんっ……ぁ、くる……きて、るっ――ャあァッん……！」

「……ッ、く、……いくよ。味わうところを、僕に見せて」

耳殻を甘噛みされたとき、膣奥に広がる熱の気配を感じ、大きく弾けた。腰をくねらせ、びくっ、びく、と内壁を収斂《しゅうれん》させる。吐き出されたものを吸い上げていく実感は非現実的で、心までたっぷりと満たされていく気がする。

「んん……ぅ……」

また受け止めてしまった。結婚前、なのに。

背徳感さえ癖になって、恍惚としてしまう自分が怖い。

こんなふうに慣らされた体で、もしもまた置いていかれたら……いいえ、そんなふうに考えたらだめ。

(信じたい……信じられるようになりたい)

窓ガラスに熱くなった頬を寄せて息を吐くと、丸いくもりがそこにできた。

小さな霧のような。

それはガラスの表面に映っていたはずの自分の淫らな表情を、迷いを、うっすらと覆い隠して見えなくする。姿のない、確かめようのないものにする。

けれど不安は確かに胸にあって、完全に消えてはくれなかった。

＊＊＊＊

最初の停車駅に着いたのは三時間後だ。

三度も続けて抱かれたおかげでぐったりして、少しのうたたねを経た正午のこと。

隣接する車両がにわかに騒がしくなったのは新しい乗客が乗り込んできたからだろう。

汽車での旅に興奮する人々の気配にハリエットがそわついていると、車掌がコンパートメントへやってきてにこやかに告げた。

「もうすぐ昼食です。発車しましたら、食堂車へいらしてください」

どうやら二等車以上の席には食事がついているらしい。

促された方向へ移動したところ、一等車両の乗客のみに個室の食堂が与えられていることがわかった。恐らく、食事の内容も特別豪華なのだ。サクランボをつまんだあとで食べきれるだろうか。

「……手が震えちゃいそう」

「なにをおっしゃいます。以前はあなたもこれが当たり前の生活だったではないですか」

向かい合って席に着くと、ヴィンセントの口調は普段通りに戻っていた。「僕」でも「俺」でもない、いつもの彼だ。安堵しながらナイフとフォークを手にとり、ハリエットは食事を始める。

「ん、おいしい。厚切りのハムなんて久しぶり」

いつも子供たちの世話に追われていたから、落ち着いて味わうのも久々だ。

「こんな贅沢、もう二度とできないと思ってたわ」

そして必要がない気もしていた。下街で味わったのは貧困と寂しさだったけれど、引き換えに教えてもらったこともある。

働いたあとの一杯の水がどれだけ美味しいか。目の色も肌の色も違う子供たちとの賑やかな生活。誰かと分かち合う、ささやかな灯りの温かさもだ。

「ヴィーは知ってる？　からからに乾いた質素なパンほど、卵液に浸して焼くとふわふわになるのよ。仕上げに蜂蜜をスプーン一杯、それでも充分甘くて美味しいの」

あんな生活があることは、この境遇にならなければきっと一生知らないままだった。打ち明けると、ヴィンセントは寂しそうに目を細めて、笑う。

「強くなられましたね」

「私が？」

「ええ。あなたは私がどんな財産を投げ打っても与えられない幸せを、自力で得られたではないですか」

そう……なのだろうか。

ヴィンセントとの再会を諦めた頃から、自分はどこか逃避している気がしていた。喪失感のうえに危うく成り立つ幸せに、縋っているものだと。

（それでもあれは、私が自力で得たもの……）

穏やかに流れてゆく時間にほっとする反面、気になるのは部屋の外に立って不審者を警戒しているジェイムズの存在だった。ジュディは食事に毒が混入されないかどうかを調理場で見張ってくれている。

自分のために本当に申し訳ない。一緒に食べられたら良かったのに。

「……ねえ、ヴィンセント」

思い切ってハリエットは口を開く。

「そろそろ聞かせてほしいの。三年前に突然消えた理由や、離れている間になにがあったのか、ナヴァール領を賜った経緯も」

何度も尋ねようとした疑問だった。タウンハウスでは子供たちが常に側にいたため、そしてなによりそんな気分にはなれずに聞きそびれていたのだが。

「そうですね」

ワイングラスを取り上げながら、ヴィンセントは神妙な面持ちで答える。

「わけあって話せないこともあります。ですが、話せることから少しずつお話ししましょう」

「本当？」

「ええ。まずは三年前、突然姿を消した理由から」

小さく揺れる部屋の中に、ぴりっとした緊張感がはしる。

「私は――追われていました。一族全員を殺した容疑者として」

「容……疑者」

一族全員が殺された事件というのは、オーウェンが言っていた例の三年前の、切り裂きジャックと同じ手口の、に違いない。

嫌な脈がどくんと打つ。

「事件はご存知ですか？」

「一応。だけど新聞でも騒いでなかったし、私、ヴィーの家族が亡くなったことも最近まで知らなかったわ。家族ぐるみで親しかったのに」

　父が亡くなって身辺が慌ただしかった時期とはいえ——ああ、だから周囲がその事実を自分に隠したのだろうか。

「周囲に情報が漏れないよう、隠蔽《いんぺい》した人物がいたのです。そうして、私を犯人に仕立て上げる事実だけを残そうとした。私はあなたを巻き込まないよう、逃げるだけで精一杯でした」

「そんな……一言くらい言ってくれても、落ち着いたら手紙の一通くらいくれても良かったのに」

「私と接触があったと知れたら累《るい》が及ぶ可能性がありますから。なにより、私が危ない目に遭っていると知ればあなたはじっとしていてくださらないでしょう」

　そうかもしれない。けれど、なんだか他人行儀で寂しいと感じてしまう。

「逃亡の間、ずっと形勢逆転の機会をうかがっていました。私に罪を被せようとした男を、やり込める材料を探したのです。綺麗事だけではやっていけなかった。裏社会に出入りして、国家警察に逮捕されたこともあります」

「ヴィーが、逮捕」

　信じられない。学生時代は成績優秀、品行方正で、紳士の鑑のようだった彼が。卒業後は裁判所で役職を与えられていたし、だから悪業には縁遠いと思っていたのに。

　だが、オーウェンが言っていた『寛容なる侯爵は以前犯罪者だった』という噂は本当だったのだ。

「しかし悪いことだけではありませんでした。牢獄へ収監されたことをきっかけに、やがて幸いにも国王陛下から爵位を賜り、私はセスとしてあなたに再会できた」

「牢獄から陛下の信頼をどうやって……」

「それだけはまだ話せません。ですが、結婚が成ったときには必ずお話しします」

曖昧な約束に、また少し不安になりながらもハリエットは頷く。

「ねえ、ヴィーは家族を襲った犯人を見たの？　まさかそれが原因で追われてるの？　あなたを真犯人に仕立て上げようとした人物が本当の殺人犯ってこと？」

一体誰が。そう問うと、彼はひんやりとするような冷たい目をして答えた。

「いえ、あの事件の犯人は死んでいます」

「し……死んでる？」

「ええ。この目で確認しましたから」

じゃあ切り裂きジャックは？　手口が同じだとオーウェンは言っていたけれど、同一犯ではなかったのだろうか。別人なのだとしたら、どうして同じ手口で犯行を繰り返しているの？

ハリエットが想像を膨らませていると、扉のガラスの向こうでジェイムズが動いた。乗客がひとり個室の前で立ち止まったのだ。

会話をしているところを見るにただの通りがかりではないようだが、カーテンが半分ほど下りているために顔は確認できない。ヴィンセントは警戒しているのかぴたりと黙る。

すると来客だったらしい。

ノックの音がして扉が開くと、ハリエットは我が目を疑わずにはいられなかった。

「よう」

「オーウェン!?」

「俺がいなくて寂しかっただろ?」

市警の制服はどこへやら、彼は茶のラウンジスーツに身を包み澄ました顔で立っている。

驚いたのはヴィンセントも同様だったらしい。眉をひそめて問いかける声は呆然としていた。

「どうしてあなたがここに……市警の仕事はどうしたのです」

「辞めてきた。姫君の一大事にのうのうと仕事なんてしていられるかよ。俺が本当に護りたいのはハリエットただひとりだ」

そう言ってオーウェンは椅子の左脇に膝をつき、ハリエットの手をとると唇を強く押し当てる。

「まだ夫婦になっていないのなら俺にもチャンスをくれ。……好きなんだ。このままじゃ諦めきれない」

ふたり目の騎士の到着に、ヴィンセントが苦みばしった顔をしないわけがなかった。

＊＊＊＊＊

広大なナヴァール地方の最も清らかで美しい丘の上に、領主マスグレーヴ邸はある。

重厚な石造りに、四角い塔を中央に持つファサードは城と言っても過言ではなく、ハリエットは縮みあがる。

こんなに立派な邸宅、他に見たことがない。

「一階がリビングルームやサロン、ホールを含む生活空間です。二階は客室とベッドルーム、そして地下が食料収納庫やランドリールームなど雑多な施設になっております。奥方様の部屋は二階の旦那様の隣にしつらえさせましたので、ご利用ください」

玄関からして一般的なカントリーハウスの比ではない。ジェイムズが玄関でおおまかな説明をしてくれたけれど、ひとりでふらりと出歩こうものなら迷子は必至だった。

「ここが私の部屋です。窓からは牧場が一望できますよ」

長旅で疲れたでしょうから、と真っ先に通されたのは彼の部屋だ。壁には一面に書棚があり、書斎を兼ねているところが知的なヴィンセントらしい。

「牧場も経営しているなんて凄いわ。あ、向こうに街も小さく見えるのね！」

つきあたりの格子窓を開いて、ハリエットは身を乗り出す。もしかしたらオーウェンも同じ景色を見ているかもしれない、と頭の片隅で思いながら。玄関で別れた彼は今、角の客室へと案内されているのだ。

「先ほど汽車を降りた駅があのあたりです」

「素敵、駅も見えるの!?」

「ほら、あちらです」

ヴィンセントが隣で体を屈める。柔らかな銀の前髪が軽く頬を掠めて、どきっとした。彼の指がさしているのは右の前方だが、そちらに目を遣る神経は残っていない。

「ナヴァールは豊かな土地でしょう。首都より南にあるおかげで、春がとても長いんです。まるであなたのイメージそのままで、早く招待したいと思っていました」

あれだけ抱き合ったあとなのに、優しく微笑まれただけで頭の中が沸騰してしまう。

「こ……こちらは使用人も大勢いるのね。タウンハウスがあんだったから、もっと閑散としてるのかなって思ってたけど」

「受爵後はしばらくこちらに留まっていましたから。いえ、繋がれていたというのが正しい解釈でしょうが」

「繋がれていた？」

「本当に自分に服従しているのか、逆らう気がないのかを確かめる期間だったのだと思います。ですからここの使用人は半分が軍の――」

言いかけて彼は口をつぐむと、何事もなかったかのように牧場の手前を指差した。

「そうそう、ここではあなたの好きな乗馬も存分に楽しめますよ。あとで遠乗りにでも行きましょうか」

やや不自然な転換だったが、それよりもハリエットは過去を思い出して慌ててしまう。

「む、昔ほどおてんばじゃないのよ、私。男の人のように馬に跨がったり、それで競争を挑んだりはしないわ」

「あれはあれで楽しかったですが」

「お願い、もう忘れて……！」

掘り返したくない歴史だ。

「それに私、しばらく馬になんて乗っていないから、うまく操れる自信がないの」

「ならば、今度こそふたり乗りができますね。昔はどんなに誘っても、あなたはひとりで乗ると言って聞いてくれませんでしたから」

そうだった気もする。恥ずかしがるハリエットに、ヴィンセントはさりげなく暖炉脇のソファを勧めてくれる。

部屋の広さは院のリビングルームが三つ入る程度だろうか。カウチとソファの他に小箪笥とライティングデスクも置かれていて、書きものもできそうだ。大きな鏡がはまったマントルピースの暖炉の脇、設置されているのは最新式の陶器のオイルヒーターに違いなく、贅沢な暮らしぶりに感嘆のため息が漏れる。

——流石は侯爵様だわ。

生活のレベルが違う。

「それにしても、オーウェンまで同行することになるなんて思いもしなかったわ」

ハリエットは目の前のテーブルに手を伸ばすと、用意されていたカップとソーサーをとって膝の上にのせる。この匂いはダージリンだ。

「よほどあなたが心配だったのでしょう」

部屋の主はスーツのジャケットを椅子にかけて、ベスト姿で歩み寄ってくる。

「どうしたの、急に肩を持っちゃって」

「いえ、味方をしているつもりは。ただ、あなたを心配して、いてもたってもいられない気持ちだけは理解できますから」

本当は理解したくありませんけどね、と苦々しげに言う彼は、ベスト姿になると細身の体がより目立つ。昔は痩《や》せ型も痩せ型、食べても太らないというより若干やつれているようでもあって、そのせいで筋力もあるようには見えなかったが、今は幾分がっしりしただろうか。

「……とはいえ逢瀬の邪魔はさせませんが」

後ろから顎をすくい上げられ、背もたれに後頭部をのせた状態でキスを受ける。舌の表面同士を、とろりと柔らかく絡められて顎の付け根が淡く緩んだ。

「ん……」

目を閉じる暇もなく、甘い余韻を残して唇は離れる。

間近で見た彼の銀の髪は降り注ぐ冬の日の雨のようで、指を通したらひんやりとしそうだとハリエットは思った。

「ハリエット、あなたはどう思っていらっしゃるのです？」

視線を合わせたまま、降らされたのは不安そうな問いだ。

「え？」

「私はまだ一度も、自分がどう思われているのかはもちろん、プロポーズの答えすら聞いていません」

それは。

咄嗟に目を泳がせていた。はっきりと自分の想いを告げられずにいることは、当然後ろめたく思っている。

「夫になるのが私で、後悔なさいませんか」

「……いまさら、そんな」

「身体を奪われたから、致し方なく私で妥協するという意味ですか？」

「ち、がうわ……」

「では、私をどう思っていらっしゃいますか」

答えに詰まってしまう。

「オーウェンと私、どちらを夫にしたいのです?」

「わ……私は」

ヴィンセントと結婚したいに決まっている。幼い頃から今の今まで、恋をしたのは彼ひとりきりだ。

けれどイエスと答えて正式な婚約者に——三年前と同じ立場に戻ると思うと身が竦む。いっそこの不安を打ち明けてしまうべきなのだろうか。ひとりで置いていかれるのが怖くてたまらないのだと。いいえ、それは彼の過去を責めるも同然の行為。もうどこにも行かないよね、なんて、聞いたらいけない。

ハリエットは強がってぱっと視線を上げ、気持ちを伝えようとする。

「私、ヴィーのこと」

好き、と一言伝えるだけだ。難しくはない。

(大丈夫……いつまでも曖昧にしていたらヴィーに申し訳ないもの)

しかしスカートの上で手に持ったカップがカタカタと小さく震えている事実に、気づかないヴィンセントではなかった。

「……わかりました」

静かな言葉で、ハリエットが紡ごうとしていた次の台詞を封じてくれる。

「ならば毎晩、あなたがオーウェンのところへ行かないように閉じ込めてしまいましょう。それで許してさしあげます」

「と、閉じ込める？」

「ええ、私の腕のなかにね。いい考えでしょう」

彼の声は優しくも、わずかに企んでいるふうだ。

「……、汽車の中であんなに抱き合ったのに」

「あの程度で私が満足したとでも？」

支配的な囁きは右耳の真横に落とされる。言葉だけならば不遜なのに、その響きは甘く穏やかに、頑《かたく》なな不安に染みてくる。


その晩ハリエットの寝室にはオイルランプがいくつも灯され、柔らかな光が満ちていた。

「……おいで、ハリエット」

さぞ強引に抱かれるかと思いきや、そっと抱き締めるだけで無理強いしない腕の中、溶けるように眠りに落ちる。

霧は、どんなふうにナヴァールの地を包むのだろう。

この腕のように優しいといい。
見てみたいと思った。

5、

ナヴァールの地では穏やかな天候が当たり前の顔で続く。

あまりにも視界が良いので、ハリエットは毎朝窓を開けながら遠い未来まで見通せる気になってしまうのだが、決断しきれない問題の答えまで透けて見えるような奇跡は起きなかった。

「ジェイムズ！」

朝食の後、部屋に戻る途中で主の侍従を呼び止めたのは、二階まで階段を上ったところでだった。窓のある、広々とした踊り場の手前だ。

「いかがなさいましたか」

ジェイムズは振り返ってそう聞いてくれる。

「ヴィーの部屋にハーブティーを届けてもらいたいんだけど、お願いしてもいいかな」

「はい、ですが、モーニングティーなら朝食の前にお届けしておりますよ」

「眠気を飛ばす紅茶じゃだめなのよ。また徹夜して机に向かってたみたいだから、居眠りでもできそうなものを差し入れたくて……」

タウンハウスにいても、カントリーハウスにやってきてからも、ヴィンセントは特権階級の者とは思えないほど忙しくしていた。

もっとも彼の手を煩わせているものは何日かおきに届く大量の手紙のようだが、たまに長電話をしたり人と会ったりもしており、傍で見ていてもめまぐるしい。

「ヴィー、朝食も食べに来なかったでしょ。だから栄養のありそうなフルーツも一緒だと嬉しいの。忙しいところ悪いんだけど、頼めるかしら」

「かしこまりました」

「ああ、よかった。ありがとう、ジェイムズ」

お礼を言うと、返されたのは年輪の滲む笑顔だった。

ヴィンセントの第一侍従ジェイムズは気難しい性質らしく、他のメイドが叱られている場面に何度か遭遇したことがあったので、快く引き受けてもらえてほっとした。

自室に戻り、ハリエットは独り言を漏らしつつ窓を開く。

「……なんだか落ち着かないわね、こうも暇だと」

慌ただしいヴィンセントとは対照的に、ハリエットはカントリーハウスでの時間を持て余していた。彼が書斎に閉じこもっている間、できるのは屋敷内での読書や庭の散歩がせいぜいで、家事を手伝うなんてもってのほか、『奥方様』に許されることではなかった。いっぺん手を出そうとしたらジュディにメイドの仕事を取り上げないでください、と叱られてしまったし、そのジュディはメイドとしてやはり忙しく働いているから話し相手にもなってくれない。

察したオーウェンがカードゲームに誘ってくれたりもしたのだが、ヴィンセントに妙な誤解を与えたくはなく、となれば断り続けるしかない。

——私にもなにか役割が欲しい。

子供たちを追い回していた慌ただしい日々が懐かしい。

窓辺に肘をついて見上げれば、晴天には雲ひとつなく、空気は遠くまで澄んでいる。いいところだ、と思う。ナヴァールも、この部屋も。

目下の庭園から生け垣、林、牧場と街までもがいっぺんに望めるこの部屋は屋敷内で最も良い場所に位置している。

旦那様の部屋の隣に奥方様の部屋をしつらえた、とジェイムズは初日に言っていたが、もともとはここがヴィンセントの部屋で、隣が——現在彼が使っている部屋のほうが続き部屋であったことは、ドアノブのすり減り具合からして明らかだ。

少しでも良い眺望《ちょうぼう》を、と考えてくれたのだろう。

なんて優しい人。逮捕されたことがあると聞いたけれど、やはり昔とちっとも変わっていない。

(ヴィンセント、まだ書きものの途中なのかしら)

考えだしたら急に恋しくなって、ハリエットはそっと扉の向こうを覗く。すると彼はひとりがけのソファに座り、組んだ脚をオットマンの上に投げ出している。

「ヴィー?」

声をかけたが、返答がないばかりか、身じろぎする様子もなかった。

考えごとでもしているのだろうか。朝食は後でとると聞いているけれど、考えごとが優先事項?

「あの」

近づいてみればしかし、その人は眠りの中にいた。胸の上で組んだ手の中、体に沿うようにのせられたステッキが寝息に合わせて上下している。

――疲れてる、のよね……。

ハリエットはソファの左側にそうっとしゃがみ込み、穏やかな寝顔を見つめる。

(なぜこんなに根を詰める必要があるのかしら)

これほど大きな領土を有していたら、働く必要などないだろうに。

聞いてみたいけれど、これ以上踏み込む権利は今の自分にはないように思う。結婚が成ったら話す、と言ってまだ教えてもらえないこともあるし。

ソファの肘掛けを両手で掴み、そこに顎をのせてハリエットは呟く。

「……長いまつげ」

ビスクドールを彷彿とさせる陰影に、くっきりとした瞼を縁取るまつげ。艶やかな銀の髪を際立たせる、きめ細やかな質感の肌に、見惚れてしまう。

明るいところで寝顔を見るのは初めてだ。

笑顔とも真顔ともとれない、静まり返った表情。ヴィンセントがこれほど美しい顔で眠るなんて知らなかった。

右の指先で長い前髪に触れてみる。うっすらと感じる体温が、いとおしくてたまらなくなる。

どんなに忙しくても、ハリエットが眠る時間になるとやってきて、寝付くまで側にいてくれる人。そうしてランプの火を消したあと、また部屋へ戻って書きものをしていることを知っている。

あれきり催促されないけれど、求婚の返事を待ってくれていることも。

（どうしてここまで大切にしてくれるの……？）

元々はただの幼なじみだし、自分には財産もないし、人並み外れた何かを持っているわけでもないのに。

するとフィルの肩が寒そうに震えたので、ハリエットは慌てて立ち上がる。寒いのかもしれない。壁際のベッドへと駆け、持ってきたのは花柄のキルトだ。邪魔そうなステッキを脇へ退け、体の上にそっと被せる。

そのときだった。

「ハリ……エット」

曖昧な響きで呼ばれて、焦ってしまう。

「ご、ごめんなさい、起こしてしまった？」

もっと静かに動くべきだった。慌てて詫びたがしかし、これに反応はない。

「ヴィー？」

恐る恐る頭のほうへ近づくと、かすかな寝息が聞こえてくる。まだ眠っているみたいだ。

――寝言？

で、自分の名前を呼んだのだろうか。

起こさずに済んだと胸を撫で下ろすとともに、ハリエットは頬をほんのり赤くしてしまう。国王の信頼を得て、この広大なナヴァールをおさめる彼が、寝言でまで自分を。

（不意打ちが過ぎるわ……）

のぼせそうだ。

想われている実感はある。信じる信じない以前に、疑いもなく感じとれてしまうほどに。

「……ヴィンセント、私ね」

囁くように話しかけたのは、彼が眠っているとわかっていたからだ。

「わたし……あなたじゃなかったら、下街まで追いかけてない」

父の葬儀に来なかった時点で諦めて、たとえばオーウェンに婿入りしてもらって、家督を相続していたと思う。

そうして引き換えに手元に残せたのは、亡き母とのおぼろげな記憶と、父と過ごした思い出が詰まったものや場所なのだ。他の誰のためだとしても、きっと手放せなかった。

「誰よりもあなたが大切よ……本当は信じたいと、思ってる……」

二度といなくならないで。この先もずっと側にいて。そう願ってる。

(もう少しだけ待って……)

もう少し、この恐怖が薄くなるまで。そうしたらきっと、勇気を出すから。

先ほどと同じ場所にハリエットは座り込む。肘掛けに腕をのせて寄り添うように目を閉じると、彼と同じ夢が見られる気がした。

「旦那様、よろしいですか」

すると、ノックの音がして扉の向こうから男の声で呼びかけられる。この声はジェイムズだ。頼んでいたハーブティーを持ってきてくれたのだろう。

慌てて扉を開けると、彼は予想通りティーポットとカップ、そしてフルーツをのせたトレーを手に目を丸くする。

「奥方様。旦那様にこれを」

「ごめんなさい……ヴィーね、覗いたらもう眠っちゃってたの。せっかく用意してくれたのに、本当に申し訳ないんだけど」

ハリエットはそう詫びながら、自らも廊下に出た。この安らかな休息を、もっとヴィンセントにあげたかった。

「ねえジェイムズ、そのハーブティーは私がもらってもいい？　オレンジも美味しそう」

階段へ向かって歩きながら小声で問うと、ジェイムズは喜ばしげに目尻に皺を刻む。

「はい、もちろん。キッチンには焼き菓子もございますよ。女性のお客様など初めてですので、皆はりきっておりまして――いえ、奥方様はお客様ではありませんでしたね」

「そ……そうね」

ハリエットはかろうじて頷く。お客様ではない、と認めたのは小さな一歩だった。

角を曲がったところで、壮年の侍従は穏やかに表情を緩める。

「奥方様、どうぞその調子で旦那様を甘やかしてさしあげてください」

「甘やかす？」

「はい。あのとおり根を詰めやすいかたですので、これまでずっと使用人一同、心配していたのですよ。いつか体を壊すのではないかと」

なんてありがたい一言だろう。

「そう。離れている間も、ヴィーにはあなたたちがいてくれたのね」

本当の意味で孤独でなかったのなら、よかった。

言いながら、自分も周囲に感謝しなければと思う。ジュディや院長、そして子供たちやオーウェンに。

ヴィンセントは下街での幸福をハリエットが自力で得たと言っていたけれど、自分にはどうしても、彼らに与えてもらったようにしか思えなかった。

――ひとりではなかったのよね。

枯れ果てそうな心は、周囲が支えてくれていた。それを忘れちゃいけない。

こうしてリビングへ向かったハリエットは、静けさを取り戻した主寝室で侯爵が自分を見送っていたことには気づいていなかった。


人気《ひとけ》の失せた主の部屋、ヴィンセントは遠ざかる足音を聞きながら閉じた瞼の上に両の掌をそれぞれあてがう。

「……参りましたね……」

顔面が熱い。

眠ったふりをして押し倒し、唇を奪うつもりが……まさかあのような本音を聞くことになろうとは思いもしなかった。

独り言でも照れていた「誰よりも大切」の響きが耳から離れない。

ささやかな幸福がこそばゆくて身悶えそうになる反面、胸の奥で疼くのは後悔だった。

(信じたい、か)

三年前、もしも彼女に一言だけでも真実を告げていたなら、信頼はここまで揺らがなかったのだろうか。いや。

もちろんそのリスクを想定していなかったわけではないのだ。恨まれ、憎まれる可能性も承知していた。別の男に目を向けられてはたまらないと思ったから彼女に知られぬよう対策も施した。

逢えなくても護りたかった。

少しの傷もつかないように、護っていたかった。

自分の判断は間違えてなどいなかったはずだ。でなければ彼女は今頃……。

――どうしたらもう一度、手放しでその身を委ねてもらえる?

ヴィンセントは体を覆う花柄のキルトをたぐり寄せて胸に抱く。うっすらと、清らかなハリエットの気配がそこに染み込んでいるような気がして愛おしかった。

＊＊＊＊

少しずつ恐怖は和らいで、日を追うごとに彼がますます大切になってゆく——。

滞在一ヶ月、ハリエットが妻として扱われることを積極的に受け入れるようになった頃、ドレスのデザイナーはやってきた。相変わらず求婚の答えを催促されたりはしなかったが、良い方向へ向かうハリエットの気持ちにヴィンセントは気づいているようだった。

あと一押し。そのための、ドレスだったのかもしれない。

デザイナーは、流行りのウエストを絞ったジャケット姿の聡明そうな美人だが、ヴィンセントは彼女に目もくれない。

広々とした応接間、テーブルの上に並べられた布地の束をまじまじと眺めながら言う。

「レースは機械編みではなく、手編みにしてもらいましょうか。ヴェールを含め、とびきり上等なものをお願いします。代金に上限は設けませんので」

かしこまりました、と答えたデザイナーはテーブルの向かいからデザイン画の束を大量に差し出した。

「最新の流行を盛り込みつつ、伝統的なデザインにいたしました。いかがでしょう？　ナヴァール卿のお眼鏡にかなうとよろしいのですけれど」

その紙束を受け取って捲る、彼の横顔は凛々しい。

「ああ、この襟元の形などとてもいい。――ハリエット、どうですか？　ドレスのサンプルは着られそうですか？」

「え、あ」

呼びかけられて、ハリエットは部屋の隅に設けられたパーティションの内側で、慌てて着替えを再開させる。下着姿のまま、仕切りの隙間からヴィンセントに見惚れていただなんてとても言えない。

袖に腕を通すと、デザイナーのアシスタントが背中のボタンをとめてくれる。ドレスは国王が結婚式を挙げた際に王妃が身につけたものと同じ型で、流行最先端の純白だった。

「ごめんなさい、お待たせしてしまって」

ハリエットは長い裾を引きずりながら、仕切りを出る。

「あの、やっぱり既存のサンプルでは大きくて……」

大振りの百合のコサージュが可憐な一着だ。

しかし、ウエストも着丈もぶかぶかだった。唯一きっちり収まったのは胸だけで、まるで子供が母親のドレスをいたずらで着てみたかのように見える。

「私、よほど小さく仕立ててもらわないといけないかも。それに、この身長だとヴィーと釣り合いそうにないから、靴底まで直す必要がありそうよ」

自嘲してそう言い、肩をすくめるハリエットをヴィンセントはまばたきもせずに見つめている。ソファからわずかに身を乗り出して、動作を止めた状態で。

「……ヴィー？」

そんなにおかしかっただろうか。

心配になって一歩、後ずさってしまう。

「す、すぐに着替え直すから。ごめんなさい」

やはり、サイズが合わないからと言って披露するのはやめればよかった。

すると彼はおもむろに立ち上がって、手にしていたデザイン画をテーブルの上へばさりとぞんざいに放った。

「いえ、もう少しそのままで。予想以上に……綺麗だったので、驚いて」

口元に手を当てた格好で歩み寄ってきて、頭のてっぺんから足の先までを何往復も眺める。続けて体の周りをぐるぐるとまわり始めるから、うろたえてしまった。

「あ、あの」

ビクつくハリエットの前で立ち止まった彼は、突然壁にもたれて悶絶《もんぜつ》する。

「……画家を呼ばなければ……ああ、ヴィジェ・ルブランが生きていたらどんな手を使ってでも依頼するのに！」

よほど喜んでいるに違いない。いつも冷静な眼がキラキラと金粉でも散らしたように光っている。これほど興奮したヴィンセントを見るのは初めてだ。

頑なに拒否しなくてよかった、とハリエットは頬を染める。嬉しそうな彼を見ていると、自分のことのように嬉しい。

誰が喜んでくれるより、嬉しいと思う。

それは、三年前までに感じていた胸の高鳴りとは少し違って、じんわりと胸に温かいものが広がるような感覚だった。

「他のサンプルにも袖を通してみてください。あなたが気に入ったものがあればそれをもとに仕立てますから」

「ええ、ありがとうヴィー」

あえて遠慮せず、お礼で応えたのは喜ぶ顔をもっと見ていたかったからだ。

こうして二着目に着替えようとすると、廊下の扉が大きく開いた。現れたのはオーウェンで、誰の目にもわかるほど不機嫌な表情をしている。

「この野郎、ハメやがったな」

わなわなと肩を震わせて彼は部屋に踏み込んで来る。

「なにが『午前中は遠乗り』だよ。馬小屋で待ってても誰も来やしねえ」

そう言いながら乗馬用のハットを放り投げた先にいるのは、つまらなそうな顔をしたヴィンセントだった。銀の髪を揺らして帽子を受け止め、いまいましげに舌打ちをする。

「行ってしまえば良かったのに、遠乗り。ひとりで。ひとりぼっちで」

「ひとりを強調するなっ。ちくしょう、俺抜きでなにをこそこそと……」

　このときようやくオーウェンはハリエットと目が合う。純白のドレスをまとった姿を見て、その口と目は同時に大きく開かれた。

「は、ハリエットなのか。本当に？」

　そんなに驚くことだろうか。確かに、いつもよりきっちりとメイクもしてもらったし、採寸しやすいようにと髪も結い上げているけれど。

「あまり見つめたら恥ずかしいわ」

「綺麗すぎて見ずにはいられないんだよ。もう、天使だ……その格好のまま、教会へ行って俺と結婚――」

　紅潮したオーウェンの顔は、次の瞬間、ハリエットの位置からは見えなくなった。ヴィンセントが立ち上がって、デザイン画の束を彼の顔の前にかざしたからだ。

「これ以上の見物は有料です」

　冷静な表情ながらも、わずかに苛立ちの滲んだ声色だった。

「有……ハリエットは見せものじゃねぇだろ」

「彼女の美しさには対価を要求できるだけの価値があります」

「なんだよ。じゃあおまえはそれなりの金を払ってこうしてるってのか」

「ええ。デザイナーは王室御用達、生地も世界最高級、すべて私からハリエットへの捧げものですから。同様の物品を与えられる財力がおありならどうぞ」

言って、ヴィンセントはハリエットに目で合図を出した。パーティションの向こうへ行くように、と。同時に、うろたえてこちらを振り返ったデザイナーとも目が合う。どうしたら良いのかわからないといったふうだ。

ハリエットが戸惑いながらも従うと、ばさりと音がした。紙束を退けた音だろう。オーウェンの視界を遮っていたデザイン画がデザイナーへ返されたのだと思う。

「ちっ、狡猾なやつめ」

「負け惜しみとは潔さが足りませんね」

仲直りしたように見えたのは気のせいだったのか、ナヴァールへやってきてから彼らはずっとこの調子だ。オーウェンは対抗心剝き出しでヴィンセントに食ってかかるし、ヴィンセントはオーウェンをうまく騙して出し抜こうとする。

実を言うとハリエットはここへやってきてからもオーウェンの求婚に再三にわたってノーを伝えているのだが、彼はハリエットが実際に身を固めるまで諦める気はないらしい。

それならそれで滞在の間はせめて仲良くしてくれたらいいのに、これでは子供の頃より酷い関係だ。

（そうだわ）

近いうちに庭でアフタヌーンティーを催してもらえるようジェイムズに頼んでみよう。

少しは打ち解けるきっかけを作れるといい。

ハリエットはパーティションの隙間から、火花を散らすふたりをちょっぴり困り顔で見つめた。

＊＊＊＊

庭でのティーパーティーなど何年ぶりだろう。そよぐ木々の向こう、霞んだ山々の稜線は横たわる女性の体のラインのように美しい。

「わ、チェリーパイ！」

到着した日に砂糖漬けにされたサクランボはその日、見事なパイへと姿を変えた。庭の隅に置いた円テーブルの上へと、ジェイムズが一切れずつ運んでくる。

ナヴァールへやってきて初めてのアフタヌーンティーだ。スコーンにサンドイッチ、ハーブのケーキ。最高級のダージリンの表面にはすこんと抜けた青空が映り込んでいる。

爽やかな気分でパイを頬張ると、バターの香りが口中に広がった。

「本当に美味しいわ。甘酸っぱいサクランボがサクサクの生地にぴったりで、添えたクリームも甘すぎなくて」

こんなに美味しいお菓子、久しぶりに食べる。

「素敵……」

頬に手を当て酔いしれるハリエットを前に、ヴィンセントは目を細めて満足そうにする。

「シェフは宮廷料理人だったのです。お菓子作りがいっとう得意ですので、なんでもリクエストしてください」

「ほんと？　嬉しい。あのね、我が儘が言えるのなら院の皆にも食べさせてあげたいな」

きっと喜ぶと思う。もしかしたら今もタウンハウスで美味しいケーキを食べさせてもらっているかもしれないけれど。

「子供たち、好き嫌いなんてひとつもないの。食べ物と言えば好きなものばっかり。ケーキなんて特に大好きで、こんなに美味しかったらなおのこと、大喜びしてたいらげるわ」

「ご自分の贅沢はおっしゃらないのですね」

「え？」

「いえ、承知しました。あなたの望みなら必ず叶えましょう。いずれ必ず」

ヴィンセントはステッキ片手に右手でティーカップを持ち上げ、柔らかく笑う。喜ばしそうな、見守るような笑みだ。ハリエットが素直に頷いて微笑みを返せば、オーウェンはパイを頬張りながら肩をすくめた。

「女ってのはどうしてこう、顎の付け根が痛くなるようなものを好んで食うんだか」

理解不能とでも言いたげだ。

「文句があるなら食べなきゃいいのに。オーウェンの分も私が美味しくいただくわ」

「いや、食う。食うけどさ、俺はこういうスカスカしたのより肉料理のほうがだな……」

片眉を下げた彼の金の髪を、初夏の緑薫る風がさらう。さあっ、と芝生の表面に波ができて右から左へと流れていった。

そこでジュディが背後から口をはさむ。

「まあオーウェン様、肉料理がお好みでしたら裏山が狩り場だそうですから、ライチョウでも狩っていらしたらいかがです？」

そう進言したのは、ハリエットがヴィンセントとふたりきりになりたがっているのを察したからだろう。彼女は今、三人が囲むテーブルの後方で給仕のサポートをしてくれている。

「なんだよ。今はまだ六月、ライチョウ狩りは解禁前だってわかってて言ってるのか」

「ご明察ですわ」

「ちっ、どいつもこいつも俺をハリエットから引き剝がそうとしやがって……だいたい、今は本来なら田舎に引っ込む時期じゃねえだろ。おいヴィンセント、侯爵様が社交界を放り出して隠遁《いんとん》生活なんて大丈夫なのかよ」

オーウェンの言うことはもっともだった。社交界シーズンは毎年七月末までで、終了するのは二ヶ月近く先だ。

「お気遣いありがとうございます。ですが隠遁しているつもりはありませんよ。社交界の方々には、新婚旅行へ出掛けると断りを入れてきましたので心配はご無用です」

「新婚旅行!?」

素っ頓狂なオーウェンの声に、ハリエットは持っていたフォークを落としそうになる。

――新婚旅行。

そんな話は聞いていない。新婚旅行といえば結婚後に行くもの、つまり結婚したと宣言しているようなものだ。いつの間にか屋敷内どころか社会的にも、まだ結婚していないと言っても信じてもらえない状況になっている。

チラと見ると、ヴィンセントはうっすらと黒い笑みを浮かべて言った。

「なにか問題でも……あるわけがありませんよね？」

確信犯的な物言いに、頬が火照ってしまう。

問題なんてもうない。今夜にも、あなたの妻にしてください、と伝えたいと思っている。ドレスを試着してからというもの、ハリエットの気持ちはすっかり結婚へ前向きになっていた。試着であれだけ喜んでくれるヴィンセントのことだ、本番はもっと喜んでくれるだろうと思うと、少しくらいは恐くても踏み切れる気がした。

そこで異を唱えようと腰を浮かせたオーウェンをさりげなく遮り、ジェイムズが笑顔でティーポットを差し出してくれる。

「ヴィンセント様、お茶のおかわりを」

「ああ、ありがとう」

ティーパーティーを率先して準備してくれた彼は、白髪交じりの頭を下げてダージリンティーを注ぎ入れると、振り返ってジュディに告げる。

「あとは当方が仕切りますので、あなたは室内へ戻りなさい」

厳しい口調の命令に、ジュディがうろたえないはずがなかった。

「で、ですが私は奥方様のメイドです。奥方様の身の回りのことは私が」

「いいえ、けっこう。旦那様の第一従者は私です。余所者を我が主に近づけるわけにはいきません」

「余所者だなんて！　私は……」

不穏な空気に、ハリエットは思わず会話の方角を見遣る。ジュディの困り顔はこのところたびたび目にするものだった。

「ねえヴィー、ジェイムズのことなんだけど」

声をひそめて話しかけると、ヴィンセントは密やかにかぶりを振る。

「すみません。彼は神経質なのです。テリトリーに踏み込まれたくないのでしょう」

「でも、それはジュディだって同じだわ。私のメイドとして一緒に来てくれたのよ。私の身の回りの世話ができなければ仕事への誇りを奪われたも同然じゃない」

実を言うと、彼らの仲はあまりかんばしいものではないようだった。

ヴィンセントの言うとおり、ジェイムズは時折、他人を寄せ付けない雰囲気になる。決まって主――ヴィンセントにかかわる仕事についている最中で、そんなときはたいてい、ジュディの行動が妨げられてしまう。

「俺たちが口を出すことじゃねえよ。仕事場では立場が上の者に従うのが当然だ」

オーウェンもそう言ったけれど、気がかりに思う気持ちは止められない。

(なんだか……おかしいのよね、ジェイムズ)

ヴィンセントを護るようにして、時々、凶器のような目をする。霜が降ったような後頭部はこうしていると銀色にも見え、だから疑念も膨らんでゆく。

確か、『切り裂きジャック』の髪は銀色……。

「なあヴィンセント」

すると、オーウェンは寄り添ったままのハリエット達を面白くなさそうに見ながら問う。

「さっきの話だが、新婚旅行って誰と行くとは言ってないんだろ」

「ええ。そうですがもしや、あなたが私の相手として名乗り出るつもりですか」

「ばっ……そんなわけねえだろうが！　俺こそがハリエットとの新婚旅行中だって言いたいんだよっ」

苦しい言い分は、ヴィンセントにすぐさま一笑に付されたけれど。

「一度もプロポーズに色よい返事をもらったことのないあなたがなにを……。たまにはもう少しマシな切り返しをなさったらどうです」

「くっ……」

　ふたりとも仲良くして、とは結局言えなかった。


　そろそろお茶会もお開きにしようとすると、農場の向こうからやってくる馬車が目に入る。手紙の集配をする郵便馬車だ。

「いけない！　院長に手紙を書いたんだわ。出さなきゃ」

　ハリエットは思い出して立ち上がる。こちらで元気にやっていること、子供たちからの手紙が届いたことなどを昨夜、記してから寝たのだ。

「私が参りますわ。お手紙は奥様の部屋ですか？」

　ジュディはそう申し出てくれたけれど、かぶりを振ってつま先を屋敷へ向ける。

「自分でやるわ。庭のお花を同封しようと思って、まだ封をしてないの。あ、ヴィーもオーウェンも待ってて。ひとりで行けるから」

　その一言で彼らが持ち上げかけていた腰を下ろしたのは、この屋敷が安全だとわかっているからだろう。ナヴァールへやってきてからというもの、ハリエットは一度も身の危険を感じたことがなかった。

庭園をぐるりと見渡せば、東の隅に桃色の薔薇が咲いているのが目に留まる。丁寧に手入れされた生け垣の一部だ。

(院長の好きな花だわ)

あの花びらを手紙に添えよう。

「あら……?」

駆け寄ると、生け垣の向こうに生成り色の物体が垣間見える。景色にそぐわぬそれは百科事典くらいの大きさの紙箱で、雑草の上にぽつりと置かれていた。

右手を伸ばして引き寄せてみる。蓋は細いリボンで十字にくくられていて、中身は見えない。

「ヴィー!」

箱を胸に抱え、ハリエットはヴィンセントの元へ駆け戻った。

「どうなさったのです?」

「これ、あっちの生け垣の陰にあったの。郵便馬車の落とし物かもしれないわ」

マスグレーヴ邸は人里からほど遠く、周囲に民家もないため、個人の落とし物とは考えにくかった。贈り物だとしたらあんなところへ放置せず、玄関の扉を叩くだろうし。

「郵便馬車の……送り先の住所も書かれていないのに、ですか」

不審げに箱を受け取ったヴィンセントは、両手で軽くそれをゆする。それからふと眉をひそめ、左耳を側面に押し当てた。

「なんだ、ウサギでも入ってるのか」

オーウェンは茶化して言ったが、神妙な顔でしいっ、と沈黙を催促された。

「なにか音がするの？」

「ええ、……時計の針のような音が」

時計とはずいぶんと高価な贈り物だ。

貴族同士のプレゼントなのかしら、と想像していると、ヴィンセントが箱をテーブルの上に置き、静かに立ち上がった。

「下がってください」

胸の前に手をかざされ、後退させられる。ハリエットは目を丸くして、オーウェンと顔を見合わせる。

「どうしたの、ヴィー」

「いいから下がって。ジェイムズとジュディもです。こんな箱のやりとりを、私は以前に見た覚えがあります」

「以前、って」

「あなたと離れていた三年の間です。表ではなく、裏の社会で」

なにを言われているのかわからない。だが警戒も露わな態度から、梱包されているのがただの時計でないことはぼんやりと予想できた。

「おふたりは屋敷へ戻っていてください。ジェイムズ、彼らを室内へ」

「かしこまりました。奥方様、トレヴェリアン様、こちらへ」

「え、でも、ヴィーは」

ジェイムズに腕を引かれながらハリエットは漠然とした不安を覚える。

「すぐに参ります」

そう言ったヴィンセントがジャケットの内ポケットに手をやると、取り出されたのは拳銃だった。それが回転式の、殺傷能力の高いものだったから、ますます不安は募る。

突然拳銃を取り出されたことだけでなく、安全だと思っていたこの場所でも彼がそんなものを携帯していたことが恐かった。

しかしヴィンセントは椅子の背に体を隠し、迷いなく紙箱へと銃口を向ける。

一体なにをしようというのだろう。

「奥方様、早くお越しください」

「待って、いや」

どういうことなの？

必死で抵抗したが、屈強なジェイムズに敵うはずがなかった。ヴィンセントの行動を見届けないうちに、オーウェンとともに玄関へ押し込まれてしまう。

銃声が聞こえたのは直後のことだ。

続けて、ドンッという低い地響きがして、ハリエットの全身からは血の気がいっぺんに引いた。震源は、彼のいた方角に間違いなかった。

「ヴィー!!」

「おい、待てハリエット!」

引き止めようとするオーウェンとジェイムズの手を振り払い、庭へ飛び出す。

すると、ティーパーティーを楽しんでいた一角はもうもうとした白煙に包まれている。

鼻を、火薬の臭いがツンと突く。

(うそ)

まさか拳銃が暴発したのでは。

なにしろ靄《もや》の向こうに見えるのは、テーブル上にあったはずのティーセットやケーキが砕けて散った様子なのだ。手前の、蓋を被せたパイのワゴンは無事のようだが……。

「ヴィンセント!?」

駆け寄ろうとして、数歩行ったところでハリエットは足を止める。いや、止めざるを得なかった。

「きゃ……っ」

ドン、ドンッ、と同様の衝撃が屋敷の裏の方角からも響いたからだ。

「ハリエット!!」

呼ばれるとともに、体の前方から乱暴に抱き寄せられる。全身に軽い衝撃を感じてよろめくと、両頬を冷たいもので包み込まれる。

「ご無事ですか、怪我はありませんね!?」

ヴィンセントの両手だった。間近に見える心配そうな顔に、ほっとして胸を撫でおろす。

「ヴィーこそ無事で良かった。でも今の音は一体……」

「私のことはいいのです。それより、まだ爆発物が庭に残っているかもしれません。早く室内へ」

「爆発物？」

「先ほどの箱です。恐らく時限式だったのでしょう。ひとつだけでなく、敷地内にいくつか仕掛けられていたのだと思います。迂闊でした」

早口の説明を混乱しきった頭で理解できるわけもない。

庭の奥、前方からジュディも顔面蒼白で駆けてくる。ヴィンセント様、と言って真っ先に彼の安全を確認したのは、庭に残って爆発を目撃していたからだろうか。

屋敷を振り返ると、見えたのはオーウェンが玄関から飛び出そうとしてジェイムズに引き止められている様だった。

さあ、行きましょう、とヴィンセントは言う。

「ジュディ、彼女を頼みます」

「はいっ」

差し伸べられた手に掴まり、ジュディに庇われながらハリエットは屋敷へ向かおうとする。爆発がすべて庭で起こったのなら、室内はまだ安全なはずだ。そのときだった。

ガツリと鈍い音を立てて、玄関の階段へ石が投げ込まれる。

ひとつではない。ふたつ、みっつと勢いよく飛んでくるそれらは、子供の拳ほどの大きさで角がある。

はっとした顔で、オーウェンは石の飛んできた方向を見る。先ほど紙箱を拾った生け垣のあたりだ。

(誰かがいる)

ハリエットはチューリップ型に割れたミルクピッチャーを思い出し、恐怖に足が竦んで動けなくなる。玄関まではあと数足なのに、踏み出せない。

どうして自分はここぞというときに臆病になってしまうのだろう。けれどいくら恨めしく思っても、脚は動かない。

するとヴィンセントが体の前に立ち、抱き締めて庇ってくれた。

「大丈夫です。あなたは私が命をかけて護ります。ひとつの傷もつけさせません」

いつになく自信に満ちた物言いに、心臓が大きく跳ねる。

「掴まって。一旦屋敷の陰に入りますよ」

腰を抱く腕は力強く、確かな安心感を与えてくれる。彼がいればきっと大丈夫だ。頭を真っ白にして、ハリエットは自分のすべてをそこに委ねた。

「ジェイムズ、放せ！　俺が行く！」

「トレヴェリアン様っ」

オーウェンたちのやりとりが聞こえたのは、建物の陰へ逃げ込んでからだ。直後、玄関から駆け出して庭を突っ切る足音がし、途端に投石の音も聞こえなくなる。

オーウェンが犯人を捕まえたのかもしれない。ほっとしてハリエットが顔を上げると、ヴィンセントの肩越しにジュディの顔が見えた。

「……ヴィンセント様、お怪我はございませんか」

心配そうに尋ねる彼女の額から赤いものがしたたっているのに気づき、ギクリとして動作を止める。

「ジュディ、あなた怪我……！」

石が当たったのだろう。

ハリエットは焦って首元のスカーフを外し、傷口に押し当てて止血しようとする。だが、痛みに顔を歪めても彼女の目はまっすぐにヴィンセントを見たままだ。

「私のことより、ヴィンセント様は。お怪我はありませんか」

再び問われ、ヴィンセントは眉をひそめたまま軽く頷く。

「問題ありません。あなたのおかげです」

「よかった……私、今度こそあなたをお護りできたのですね」

含みのある台詞に、なぜだか疎外感を覚える。

今度こそ、って、なんだろう。そういえば以前、ジュディの口から同じような台詞を聞いたような気がする。以前の主には代わってあげたくても代わってあげられなかったことがあるから、今度こそは、と。

(過去、ふたりの間になにかあったの……？)

そこへ息を切らしたジェイムズがやってきて、すまなそうに告げる。

「申し訳ありません。トレヴェリアン様が、犯人を追って飛び出して行かれて」

投石した人間はまだ捕まっていなかったのか。ハリエットは心配になって庭を覗き込んだが、ヴィンセントはしゃがみ込んだまま、顔色を変えずに言う。

「そうですか。あれでも一応は元市警の人間ですから心配はいらないでしょうが、念のため、追いかけてください」

「かしこまりました」

ジェイムズが頭を下げ、踵《きびす》を返して走り去ったのを見送ると、ヴィンセントは静かに立ち上がりジュディへ右手を差し伸べる。

「屋敷で手当てをさせましょう。立てますか？」

気遣わしげな台詞だった。ふたりの手が重なった途端、どうしようもなくもやもやしたものを感じて困惑してしまう。

（いえ、彼女は怪我人なのよ）

ハリエットは頭を振って妙な疎外感を捨て、友人に肩を貸そうとする。馬鹿なことを考えている場合じゃない。しかしそこでタイミングよく、門の前へ郵便馬車がやってきた。

「ハリエット、確かあなたには手紙を出す用事がありましたね」

ヴィンセントは握ったジュディの手を引きながら、別のメイドを呼ぶ。ジュディを任せるのかと思いきや、メイドに寄り添われたのはハリエットだった。

「ここは私が責任を持って対処しますから、あなたは院長に出す予定の手紙を準備していらしてください」

「……え」

「ご安心ください。ジュディは私にとっても大切な人間ですから、きちんと手当ては受けさせます」

大切な人間。真摯な一言にも、素直な胸はちくりと痛む。

咄嗟に食い下がろうとして、だが、ハリエットはそれを呑み込んだ。ヴィンセントの笑顔が邪魔者を遠ざけるように見えてならなかったからだ。

「わかった。……手紙、出したらすぐに行くわ」

足下の花を無造作に一輪摘《つ》んで、メイドに付き添われながら駆け足で二階へ向かう。途中、泣き出しそうで喉の奥が何度も詰まった。胸の中を占めていたのは孤立感が大半だったけれど、それだけではない。

無力感もだ。

考えてみればハリエットは再会以前から今に至るまでずっと、護られるばかりでヴィンセントになにも返せていない。

すると傷を負ってまで彼を護ったジュディに、劣等感を覚えずにはいられなかった。

整えられた部屋の奥、手紙は昨夜記したままの形でデスクの上にあった。

(封蝋《ふうろう》……はヴィーのデスクにあるかしら)

ぼんやりと考え事をしながら、扉一枚で通じる彼の部屋へ行き、失礼してデスクの引き出しを開けさせてもらう。

体を折ってそこを覗き込み、ハリエットは眉をひそめた。筆記具の向こう、几帳面におさめられた紙束の中に、見慣れた筆跡とサインを見つけたからだ。

　この字は……。

「――ジュディ？」

見紛うはずはない。ほんの少し右下がりの、癖のある書き方。

だが、彼女がしたためた手紙がどうしてヴィンセントのもとに？

勝手に見てはいけないと思いつつも耐えきれず、一枚抜き出して文面に目を滑らせる。

『私の唯一の主「ジャック」さま』

書き出しはそれだった。

主……ジュディの主が「ジャック」？　どういうことだろう……。

しかし紙の束を探って、同様の手紙を何通も発見して愕然となる。消印はつい最近のものから、ヴィンセントの行方がわからなかった間のものまである。つまりヴィンセントが「ジャック」で、今もジュディの主ということ？

脳裏を新聞の見出しがよぎる。ジャックといえば思い出すのは『切り裂きジャック』

――いいえ、そんなはずが。

「まさか、ありえないわ」

ハリエットは動揺を誤摩化そうと口元だけで苦笑してみる。

通常「ジャック」は人名だが「名無し」の代名詞でもある。受取人の真の名を隠そうとしたのならこの書き方は頷ける。

でも、なぜ名前を隠してまで手紙のやりとりを？

そういえば先ほど、ジュディはハリエットを護るように命じられていたにもかかわらず、ヴィンセントを庇った。今度こそ護れたと、嬉しそうにしていた。

あれは。

（違う……以前の主だから、というだけのことよ）

これはジュディからの手紙でも、ヴィンセント宛ての手紙でもない。自分にそう言い聞かせつつ、引き出しを元のように戻す。

気にしたらいけない。彼を疑いたくない。

何事もなかったかのように廊下へ戻ると、ハリエットは待たせていたメイドに付き添われて一階へ下りた。

郵便屋はというと律儀にも玄関で待っていた。手紙を渡し、料金を払ってから応接室へ向かったのは、玄関から最も近く客人をもてなせる部屋だからだ。きっと、ふたりがいるのはそこだと思った。

メイドには、ヴィンセントに会うのだから付き添いはもういらない、と持ち場に戻ってもらい、ドアノブに手をかける。

「ジュディ？」

わずかに開いた扉の隙間を覗き込むと同時に、ハリエットは凍りついた。

「……私の唯一の主、ジャック様……」

恍惚とした声で言いながら、ヴィンセントの足下にひざまずいている人物が見える。赤茶けた髪とメイド服、額を覆う包帯から、正体は言わずもがなだった。

彼女は深々と頭を下げ、侯爵の革靴の先にキスをしている。

「お役に立てて光栄です。あなた様のために私はこの世におります。この命は未来永劫ジャック様、あなたのもの」

目も耳も、同時に疑わざるを得なかった。こんなジュディ、今まで見たことがない。

彼女はなにをしているの？　ジャック、という名はやはりヴィンセントをさすの？

（ということは、本当にジュディと手紙のやりとりを……）

彼女の変貌は気になったが、それよりも状況が手紙の存在を肯定していることに大きな衝撃を受けた。

足音を立てぬよう素早くその場を立ち去ると、ハリエットは部屋へ駆け戻る。倒れこむ格好でソファへ体を投げ出すと、茫然と天井を見上げる。なにを、どう考えたらいいのだろう。

彼は、ハリエットの身を危険に晒《さら》さないために、逃亡中は連絡を寄越さなかったのだと言っていた。だが、ジュディには居場所を知らせていた。それはジュディなら身の危険が及んでも良い、という判断ではないと思う。

彼女なら大丈夫だ、と信用されたからだろう。

だとしたら自分は、同じようには信じてもらえていなかった？　ヴィンセントが本当に心の拠り所にしているのは、私ではなくジュディなの？

「ハリエット？」

すると廊下の方向から呼ぶ声が聞こえた。はっとして振り返れば、半開きのままだったドアの向こうにはオーウェンの姿。

「悪い、追いかけたんだが犯人を取り逃がしちまって……どうした？　怪我はないか？」

気遣わしく問いながら歩み寄ってくる彼を前に、耐えていた涙が一筋頬を伝った。

＊＊＊＊

ソファの左隣に寄り添い、オーウェンは優しく聞いてくれる。

「泣かせたのはヴィンセントか？」

その問いにイエスと答えるのは現実を認めたようで苦しくて、ハリエットは首を左右に振って否定する。

「怪我をした、とかいうわけじゃないんだな？」

「…………ええ……」

なにも打ち明けられないままひとしきり泣いて胸を借りたのに、彼は嫌な顔ひとつせず、無理に理由を明らかにしようともしなかった。

それどころか、しゃくりあげるハリエットの背中をがしがしと不器用に撫でて、

「なあ、覚えてるか？　初めて会った日の翌日、ハリエットが歌ってくれたこと」

まったく関係のない話題を口にする。

「歌い出しは恥ずかしそうだったけど、すぐに君は歌に夢中になって。俺たちの存在なんて忘れちまったみたいに熱唱してさ」

「そう、だったかしら……」

気を逸らそうとしてくれているのだろう。これ以上、ハリエットが泣かないように。

「すげえ可愛かったんだ。可愛くて、一生護ってやりたいと思った。誰にも傷つけられることなく、ただ幸せに歌わせてやりたいって」

「……オーウェン」

「ここだけの話、君を好きになったのはヴィンセントより俺のほうが先だったんだぜ。だからあいつ、俺だけには一応の遠慮があるんだ」

知らなかった。

「まさかライバル宣言をされるとは思いもしなかったけどな。あいつ、そういうところ冷静な性格だと思ってたし」

「ライバル宣言？　ヴィーが？」

「ああ。初めてハリエットがクリスマスをヴィンセントの家で過ごしたあとだった。君の恋を応援できなくなった、って申し訳なさそうにさ」

なにがあったのかは知らねぇけど、とオーウェンは笑ってハリエットの前髪を散らすように撫でてくれる。

「それからは狩猟でもダンスでも学校でも、事あるごとに競ったんだ。勝ったほうがハリエットに相応しい、ってのが暗黙の了解みたいになってた」

なにもかもが初めて耳にする話だった。

「俺たちはずっと、君に夢中だったよ」

「ほん……とうに……？」

「ああ。爵位もなにも関係ない。たとえハリエットがメイドのひとりだとしても、国王の愛娘だとしても、俺はきっとあの瞬間、君に恋をした。きっと、ヴィンセントの奴もだ」

うやうやしく両手をとられ、笑顔で指先に唇を寄せられる。ドキリとしたのも束の間、スーツのポケットから取り出したなにかを、そっと右の掌にのせられる。

視線を落としてみれば、それは彼の瞳のように見事なエメラルドがあしらわれた金の指輪だった。

「……これは」

「プロポーズにイエスがもらえたら渡そうと思ってた。俺の、祖母の形見だよ。祖父から結婚の記念に贈られたものらしい。受け取ってくれないか」

「そんな大切なもの、もらえないわ」

「ハリエットだから渡すんだ。俺の気持ちの証だと思ってほしい」

証――指輪はずっしりと重く、右手に確かな想いを伝えてくれる。

「もしもあいつとの恋が苦しいなら、俺を好きになればいい。必ず幸せにする。過去の恋なんてすぐに忘れさせてやるよ」

力強い申し出に、初めてノーとは言えなかった。

ヴィンセントだけでなくジュディまで信じられなくなった今、オーウェンだけが唯一、嘘のない人間に思えたのだ。

もしも彼を好きになれたなら、この不安から解放されるのだろうか。

「私……オーウェンと一緒にいたほうがいいのかな」

そのほうがヴィンセントにとってもいいのかもしれない。信用できず頼りない自分を護るのに、一生苦心させるより。

無骨な両手に左手を包み込まれたまま、視線をさまよわせてしまう。

するとノックもなしに勢いよく部屋の扉が開き、ハリエット、と厳しい声で呼びかけられる。ヴィンセントだ。

オーウェンの掌に指輪を押し返してぱっと手を引いたが、遅かった。

「ふたりきりでなにをしている」

低い問いかけには冷たい苛立ちが滲んでいる。直前の会話を聞かれていたことは間違いないようだった。

＊＊＊＊

「なぜわからない？　こんなに想っているのに――」

オーウェンの制止を振り切り、引っ張って連れて行かれたのは主寝室だった。

整えられたばかりの寝具の上へ仰向けで押し倒される。四つん這いで体の上に覆い被さってこられ、呼吸が止まるかと思った。

「どうしたらおまえの心が手に入る？　どうしたら元のように、俺だけを見てくれるんだ」

俺。隣国なまりのその響きに導かれて思い出すのは、初めての晩に鬼気迫る様子でのしかかってきた彼の姿。

ジャケットを床へ脱ぎ捨てた手は続けて蝶ネクタイを引きちぎるように外して、ハリエットの顔の左右に着地する。

「あいつのことが好きか」

「ち、ちがう」

「ならば、なぜいつまでもプロポーズにはっきりした答えを言わない？」

今夜言おうと思っていた、などという台詞は今は言い訳にしかならないだろう。

返答できずにいると、ワンピースの胸元を無理矢理開かれる。抵抗して身をよじると、ボタンがひとつ飛んで壁でぱちんと音を立てた。

「んぁっ……や、ヴィー、やめて」

コルセットを緩められ、露わになった胸に顔を埋められる。上体を反らせたところで、背中に二本の腕をまわされる。そこで気づいた。

彼の腕が震えていることに。

「三年間、おまえを誰かに渡すために離別に堪えたわけじゃない……」

縋られているようだ。

「護るためだ。いつか必ず、この手で幸せにすると誓った。だから罪だっていくつも犯したんだ」

ドロワーズを取り去られ、スカートの中に手を入れられる。唾液で濡らした指先を、秘所にとろっとなすりつけられる。割れ目の間に滑り込まされたのは中指だろうか。

やめて、と首を左右に振ったが、秘所への刺激は前後しただけでは終わらなかった。

「あ……ぁ、ぃや」

花弁の中の粒を捉えた指は、左右に揺れてそれを潰す。何度も彼の唾液をまとい直し、そのたびに割れ目ををクチクチと鳴らされ、ハリエットは下唇を噛む。

「……っふ」

感じたくない。なのに、体の芯が火照ってくる。

ゾクゾクと込み上げる愉悦に震えると、蜜源にあてがわれるものがあった。いつの間にか脚衣を緩めていた彼は、上半身がベスト姿という着衣のままで体を繋げてくる。

「んぁっ……！」

「すべておまえのためだ」

ず、ず、と卑猥な水音を鳴らして雄の楔が狭い蜜道を暴く。強引に抱かれているのに溢れる蜜は、彼への想いの大きさをハリエットに容赦なく突きつける。

未練というには大きすぎる。

再会を機に、いつの間にか落ちてしまった二度目の恋。

「好きだと言えよ。俺を、愛していると」

「ふ、っく、ぁあ、あっ」

「五人全員、死ねばいいと願った報いなのか、これは……！」

なにを言われているのかわからないまま、ハリエットは体内深くに打ち込まれる悦に啼くしかなかった。

両の目尻を、熱い涙が滴っていく。

「は、ぅアあ、んん……っ」

強引な出し入れはきついのに、張りつめたものに擦りあげられている柔らかな内壁は、溶けていきそうなほど心地いい。

なぜこれほどまでにしつこく抱くのか、今になってようやくわかった気がする。意思にかかわりなく、体は彼に従順に開くようになってしまった。

「……てくれ。許してくれ、ハリエット」

無我夢中の愛撫に胸元は虚しく鬱血のあとだらけにされてしまう。

「頼む。俺を……俺たちを、好きだと言ってくれ」

また。またた。

既視感がハリエットを苛む。

これまで、何度も聞き流そうと思った。けれどももはやできない。彼が彼でなく別人のようで、しかし彼もそこに存在するという奇妙なこの確信。

「あな……た、ヴィンセント、じゃない、の？」

ベッドを軋ませて揺さぶられながら息も絶え絶えに問えば、返されたのは不思議と安堵を含む声色だった。

「俺の名は……ジャック。ヴィンセントでもあり、ジャックでもある。ハリエットがあの日、名無しだった……ただの狂気だった俺にこの名をくれた」

その一言に、絶望感が胸に広がる。やはりヴィンセントがジャック。

どうして。

「どうして……！」

ジュディとだけ通じていたの。私には一度も連絡をくれなかったのに、彼女には連絡を許したの。ジュディは信用できて、私は信用に値しなかった？

「『どうして』？　恐怖と一緒に忘れてしまったのか、俺のことも」

「いやぁ、放して！」

もがき、抵抗する腕は簡単に摑まれて制止させられる。がつがつと、下腹部を内から突いて高みへと追い立てられる。

「嫌がるな……っ、頼むから、受け入れてくれ」

「やめて、ぇ……嘘つき……！」

「嘘などついていない！」

叫んだヴィンセントは動きを止め、苛立った目で見下ろしてくる。

「う、嘘つきよ。隠し事をしてたじゃない。手紙を見たわ。ジュディの筆跡で、ジャック宛ての手紙。デスクの引き出しにたくさん入ってた」

ハリエットは目尻からぽろぽろと涙をこぼしながら主張した。

「三年間も、私、ジュディとあなたに騙されてたのね。居場所どころか生死もわからなくて、諦めるしかないと思ってたのに……本当は隠されていただけで」

「……ハリエット」

「ねえ、そんなに私は頼りなかった？　逃亡中、一度も頼ってもらえないほど頼りなかった……？」

そんな女との結婚が、あなたにとっての本当の幸せなの？

目の前にある、はだけたシャツの胸元を弱々しく叩く。叩いて返答を急かすが、彼は悲しげに表情を歪めるばかり。

「……っ、話し方も表情も、あなたは変わってしまったわ。今だって、別人みたい」

結婚を誓い合ったあの誠実なヴィンセントはどこへ行ってしまったのだろう。

「変わってなどいない。俺はずっとここにいて、ハリエットを想ってきた。本当に思い出さないのか、俺のことを」

「わからない。わからないわよ。わからないことだらけで、どうやってあなたの言い分を信じろっていうの……っ」

言いながら、まるで自分に投げかけられた言葉のように思う。

信じてもらえない、それがこんなに辛いことだなんて。

抱きつきたい衝動に耐え、ハリエットはヴィンセントの腕を逃れる。体を貫いていた楔を抜き、乱れた服を押さえてベッドを降りる。

「待ってくれ。行くな」

右肩を摑まれて引き止められたが、そっと振り払った。

「三年前、もしもあなたがそうやって自分を待っていろと言ってくれていたら、私は待ったわ。その一言を信じて、喪失感ときっと戦えた。でも」

私はあなたにとってなんなの？　ガラスケースに入れて飾っておくだけのお姫様？

「あなたはひとりでいなくなった。私に、一緒に立ち向かおうとは言ってくれなかった」

「すまない」

「私はもう、なにを信じるのも……怖い」

今度こそ信じようと思ったけれど、もう無理だ。

やはり諦めたままでいればよかった。

そう思ういっぽうで、初めての晩、闇の中で抱き締めてくれた彼の腕にどれだけ安堵したかを思い出すと——本当は三年の間、諦めきれてなどいなかったのかもしれなくて。

「……ごめんなさい、少しひとりにして」

絞り出すように言って、ハリエットは自室の扉を開ける。使い込んだドアノブを摑み、部屋に飛び込む。後ろ手に扉を閉めると、しゃくりあげながら床にへたりこんだ。

（好きなのに）

想っているのに、どうしてこんなふうになってしまうのだろう。今夜には素直な気持ちを伝えようだなんて考えて、ふわふわしていた数時間前の自分が今は空回りしていたように思えて苦しい。

すると、涙に滲んだ視線の先、テーブルの上に見覚えのないものを見つける。ベージュ色の封筒、手紙だ。

『ハリエットへ』

差出人がオーウェンだとわかったのは、トレヴェリアン家の紋章が封蝋に押されていたからだ。便せんを取り出して、広げて文面に目を滑らせる。

『牧場の手前の干し草小屋で待ってる。どうしてもふたりきりで打ち明けたい秘密がある』

タイプライターの無機質な文字は、三つ折りにした紙の中央部分にだけ不自然なほど整然と並んでいた。

＊＊＊＊

夕焼けの赤い十八時、迷いつつも一応蝋燭とマッチだけを持ち、ハリエットはマスグレーヴ邸を後にした。帰りはオーウェンと一緒になるだろうが、日が落ちたあとに暗闇の中を戻る勇気はなかった。

（いっそ再会なんてしなければ……）

こんなに苦しい想いをせずに済んだのに。

ヴィンセントとのやりとりを思い出し、嗚咽しそうになる喉を押さえて庭を駆ける。

夜の帳《とばり》が降り始めたナヴァールの丘は、緑が深く濃く大地から闇を吸い上げているように見えてゾッとする。身震いして、ハリエットは先を急ぐ。

ここを越えたら牧場だ。

そう思ったのだが、屋敷から一望していた景色は思いのほか広く、勾配《こうばい》もあって距離がかさむ。やがて丘を三つ越えたところで霧が視界を覆い始め、街までの一本道も途中から先が見渡せなくなった。

——干し草小屋……。

慌てて周囲を見回すと、牧場の隅に塔の形の水車小屋を見つける。水車が壊れているところを見るに、現役の施設ではなさそうだが、小屋の内部には新しい干し草が蓄えられていて、ここに違いないと思う。

「オーウェン？」

呼びかけたが返答はなかった。まだ到着していないのだろう。

そこでハリエットが真っ先にしたのは、屋敷から持ち出した短い蝋燭に火をつけることだ。火さえあれば日が沈んでもひとりでいられると思った。しゅっと音を立ててマッチの先に灯った火は、蝋燭に移されると橙の光になり揺らめいて小屋の中を明るく照らし出す。

床下収納庫を覗いてみると、ここはどうやらワインの貯蔵庫を兼ねているらしい。マスグレーヴ邸で飲んだものと同じワインがずらりと底を向けて並んでいる。

背後から足音がしたのは、そのときだった。

「オーウェンね……？」

呼びながら振り向こうとすると、背中を軽い衝撃が襲う。

はっとしたときには浮遊感があり、ハリエットは地下へと真っ逆さまに突き落とされていた。落下の衝撃に体を硬くしたのも束の間、扉は無情にもばたんと閉められる。

「えっ……！」

閉じ込められたのだと理解したのは、逃走する足音を聞いたからだ。

しかしオーウェンがいたずらにでもこんなことをするとは考え難い。そこで手紙が直筆ではなかったと思い出し、青ざめた。

（迂闊だった……）

投石の犯人を取り逃がしたと聞いたばかりだったのに。

それでも日が完全に落ちるまでは良かった。

小さな隙間からわずかな夕日が室内に差し込んでいたから。

けれど夜の闇が小屋を包んだとき、無意識のうちに体は震え、唇はヴィンセントの名前を呼んでいた。

「ヴィー、怖い……っイヤ、ヴィンセント……」

部屋の隅に丸まって、膝を抱える。

縋れるものがなにもない、空っぽの闇が充満している。

空っぽなのに染みてくる、のしかかってくる、心まで呑み込もうとする、圧倒的な漆黒。

「ヴィー……っ」

恐怖に押し潰されていきながらようやく、ハリエットは六歳のクリスマスに目撃した『彼ら』の記憶を思い出す——。

6、

あの聖夜。

晩餐会を飛び出して迷い込んだ地下室は、じめついていて苔《こけ》と錆の臭いがした。

それからほんのりと鼻をついたのが焦げ臭さだ。火の気のある場所なのだろうか、と頭の隅で疑問に思いはしたものの、泣きじゃくった所為ですぐに臭いなどわからなくなった。

『お、とうさま……っ』

壁に背中をつけてうずくまる。上下左右の感覚すら不確かで、ひたすらになにもかもが怖かった。

どれだけそうしていただろう。体感では永遠にも近い時間だったが、実際は三十分にも満たなかったかもしれない。

『ハリエット……！　こんなところにいらしたのですね』

石段を駆け下りてきて扉を開けてくれたヴィンセントの手には、オイルランプが携えられている。柔らかい光には、温かさまで与えてもらえた気がした。

『怖い思いをしましたね。でも、もう心配はいりません』

差し伸べられた腕に摑まれば、抱き締められて自分の形を思い出す。闇の中では、どこまでが体なのかも見失いそうだった。

『大丈夫ですよ』

『……っ、ヴィー……』

掠れた声で最初に発した単語が彼の名前だ。あれほどホッとした瞬間は過去にない。しかし次の瞬間、ハリエットは橙の光に丸く浮かび上がった光景に戦慄する。

『ひ、っ……』

自力では立ち上がれないほど恐怖していたはずなのに、壁伝いに数歩あとずさっていた。そこにあったのは錆びた檻だ。それから鎖と枷。棘だらけの拷問具や鞭、そして666と刻まれた焼き印も――。

『け、けもの……悪魔がいるの？』

ここには人間以外の恐ろしい生き物がいるの？　ヴィンセントの腕にしがみついて問う。三桁のこの数字が示すものを知らずに教会へ通う者はいない。十本の角と七つの頭を持ち、口は獅子、足は熊、体は豹というサタンの手先が頭にいただいた数字だ。

『ッひ、いや、こないで……っ』

逃げたくとも、腰が抜けてしまって思うようには動けなかった。

――怖い。こわい……！

とって喰われてしまうのではと縮み上がる少女に、しかし青年は悲しげに笑って、

『ずっといましたよ、あなたの前に』

などと言う。それからおもむろにシャツをはだけ、自らの胸元を示した。

『……それっ……』

左胸には痛々しい焼き印のあとが残されている。666。

『誰がこんなこと……！』

『兄たちです。私はここで、黙示録のけものとして毎夜彼らに、』

ヴィンセントは語尾を濁してすべてを語らなかったが、悲痛な表情から酷い仕打ちを受けていると察するのは容易だった。

『どうして。ヴィーはけものなんかじゃない。きちんとした人間なのに』

『六月六日生まれの六男――私は三つの六を背負っています』

『そんなの言いがかりだわ！』

『あまつさえ私は誕生とともに彼らから母を奪った。憎まれても致し方ないのです』

諦めを含んだ声は憤りを消しきれない様子で震えている。ヴィンセントの母親が彼を出

産した際に亡くなったことは、ハリエットも父から聞いて知っている。自分も幼い頃に母を亡くした身、親近感を覚えずにはいられなかった。

　ますます納得できるはずがない。

『でも、ヴィーはけものとは違う。悪魔の、手先であるわけが……』

『いいえ、けものです。兄たちは母がいなくて寂しいと言いますが、私は母を恋しいと思ったことなどありません。きっと情がないのです』

　力なく震えながら背中を抱く彼の腕は、赦しを乞うているようだ。

『そ……そんなこと言わないで。666なんて、たかが数字じゃない……っ』

『ですが数字は絶対です。動かしたくとも動かせない。どんなに、この数を、忌み嫌っていても』

　数字は絶対。

　ヴィンセントが時折発言するこの台詞の意味をハリエットは初めて理解する。

　誰よりも強く『動かしたい』と念じても叶わず、絶望した経験からの『絶対』だったのだと。

『それに、私はもう人として壊れています。時折、別の人間の声が聞こえるんですよ、頭の中で。反撃してしまえと話しかけてくる。真夜中、鏡を覗き込むと私の顔をした別の人間が笑う。きっと悪魔の仕業です』

『だから鏡が怖いの……？』

『はい。時間もよく盗まれます。たいていはこの部屋に連れて来られてから、自室へ戻るまでの数時間です。まるで私以外の誰かが、暴行されている最中の痛みを持っていってしまうかのように』

長いため息を挟んで、彼はうっすらと笑った。

『すみません、こんな話。気持ち悪いでしょう』

気づいたら彼を抱き締め返していた。もう笑わないでほしかった。ハリエットの不安を和らげるためなら、なおさら。

『ううん、ちっとも。だって、ヴィーを護ろうとする者がヴィーの中にいるんだもの』

『私を、護ろうとする……？』

『そう。悪魔じゃなくて、きっと守護聖人みたいなものなの。でなきゃ、こんな傷には耐えられないでしょ』

ハリエットは彼の胸の火傷痕に唇を寄せ、キスをする。後から思えば大胆な行動だったのだが、少しでも与えられた痛みを癒してあげたかった。

するとヴィンセントは途端に気弱な顔つきになり、

『きみは怖くないの、僕のこの数字が』

わずかに子供じみた物言いをする。

おかしいな、と思いながらもふるふるとかぶりを振って否定し、掌を火傷痕に当ててみせる。と、青年は泣き笑いの表情を浮かべ、ハリエットの髪に恐る恐る触れた。

『きみの手は、優しいんだね。痛いこと、しないんだね』

別人のようだ。訝しみながら見上げていると、数秒後、今度は彼の目に凶暴な光が宿る。

『こんな俺でも、怖くないと言えるのか？』

胸に当てていた手を摑みながらの、脅すような問いだった。

戸惑いはしたが、逃げ出そうとは思わなかった。彼はたった今、ハリエットを暗闇から救い出してくれた人なのだ。

『怖くないわ。あなたたちが守護聖人なの？』

幼さは時に聡い。ハリエットは会話をしているのがヴィンセント本人ではないことを本能的に理解していた。

『……聖人なんかじゃない。俺はただの狂気だ。抑圧された、ヴィンセントの中の凶暴な欲求。そしてさっきの自分を「僕」と呼んでいた気弱な奴が痛みを肩代わりするための人格』

『じんかく……？　名前は……ないの？』

『ない。あったところで呼ぶ者もいない』

寂しげにそう言われ、ならば私が呼ぶわ、とハリエットは当たり前のように答える。

『名前がないなら『名無しさん《ジャック》』ね。もうひとりにも別の名前をつけなきゃ。なにがいいかな。あ、『セス』はどう？　アダムとイヴの三番目の息子の名前なんだって神父さまに昨日教わったの。ヴィーから数えて三人目だから、セスよ』

『ジャック……俺に、名前をくれるのか』

　彼は困惑した様子で、摑んでいた腕をゆるりと放す。そして口元を押さえながら放心したようにハリエットを見つめた。

　見惚れているようでもあった。

　その存在が表面からすうっと消えたのは数分後のことだ。

『は、ハリエット』

　我を取り戻して、ヴィンセントはたった今胸の傷にキスを受けたかのようにたじろぐ。

　そのさまを見て、ハリエットはやはり別人と会話したのだと確信する。

『私、戻ったらお父さまに相談する。ヴィーを助けてって』

『救って……くださるのですか。私を』

　震える声で問うヴィンセントに、返したのは自信たっぷりの頷きだった。

『ええ、もちろん』

　気が逸れたおかげか、強くあろうと願ったからか、暗闇で迷子になった恐怖は嘘のように消え去っていた。

『そうだわ、ヴィー、私のお兄さまになって！』

『養子になるということですか？　兄たちがきっと許しません。それこそ、あなたまで巻き込むことになる』

『大丈夫。もしもお兄さまたちが追って来たって、ヴィーは私が護るわ。絶対よ！』

世間知らずゆえに可能な、大胆不敵な発言だった。するとヴィンセントは泣き出しそうな目をしてハリエットをぎゅうっと抱き締める。

『……いいえ、やはりいけません。あなたは今見たものをすべて忘れてください。わざわざ同じ恐怖を共有する必要はありませんから』

『でも、それじゃヴィーが……』

『ハリエットさえ幸せなら、私は平気です』

力いっぱい抱き締めてくれた腕は小刻みに震えていた。それでも、大丈夫ですよ、と気丈に言葉をかけてくれた。ハリエットを安心させるために、微笑んでみせてくれた。

きっと怖いのは彼のほうなのに。

私のために。そうとわかった途端、恋をした。

『さあ、なにもかもが夢だったと思って忘れてください』

その晩、寝室へ向かう途中にも彼は現れ、寝て起きたら忘れるようにと囁いた。翌晩も、翌々晩もだ。時には昼のうたたねにも同様の囁きが落とされた。

――怖いことはどうか忘れて。私を救おうなどとは、どうか思わないで。

暗示にかけられたように、ハリエットは徐々に地下室で見たものと会話の内容を忘れていった。あの日からずっと護られていたのだ。にもかかわらず、彼に救出された瞬間の出来事をいつまでも忘れなかったのは、初めて恋に落ちた瞬間だったからだろう。

そうだ、ハリエットは彼の中にいるふたりを知っていた。

憤りを肩代わりする『ジャック』と、痛みを肩代わりする『セス』の存在を。だからヴィーが常に穏やかに凪いでいるのだということも。

それでも好きになったんだわ。

ハリエットはワイン貯蔵庫の片隅で、少女の頃より多少大きくなった体を自ら抱き締める。勇気を振りしぼって自分を奮い立たせる。

「……大丈夫」

ひとりでも大丈夫。

こんなところで自分自身に負けていたら、頼ってもらえない、なんて嘆く資格もない。

きっと朝は来る。ここを出たら、彼ともう一度きちんと向き合うの。

もう、護られるばかりでなにもできない自分は卒業する。

だから闇なんて怖くない。

＊＊＊＊＊

――誰かを恋しがる気持ちなど知らない。

母親の死を思っても、少しの涙も出ない。

こんな自分には、人として最も大切な部分が抜け落ちている。

だから、このいかにも美しく取り繕った皮を剝いだら、内側から現れるのはけものなのだ。悪魔の数字を持った、忌むべきけもの。

(虐げられて当然じゃないか)

そう思い込んでいた十二歳のヴィンセント・ランハイドロックに恋を教えたのは六歳の幼い少女だった。

『ヴィーは私が護るわ。絶対よ』

直前まで泣いていたくせに。

頰の涙が乾き切っていないくせに、彼女はそう言ってとても小さな手でヴィンセントを抱き締め返してくれた。

あの冬、恋しくて恋しくて離れてはいられない焦燥を知った。

最初に誰かの気配を感じたのは八つの頃だ。時はハリエットに出逢う三年前、恋に落ちる四年前に遡る。

『なんでおまえだけ名前を呼んでもらえるんだろうな』

いつの頃からか始まった虐待のさなか、兄たちが決まって口にしたのがそれだった。

五つ子でそっくりな外見をしていた彼らは、父にも親戚にも友人たちにも『五人のうちの誰か』としか認識されていなかった。だから彼らはちょくちょく役割を入れ替えて過ごしては周囲を煙に巻いていた。

誰が長男でも変わらない。あとの四人は居ても居なくてもかまわない役回り。

そんな五人を唯一見分けてひとりひとりを尊重したという母を、奪ったのがヴィンセントだ。しかもヴィンセントは彼らと歳が離れていたせいで、誰に会っても名前を呼んでもらえた。

ひとりの人間として見分けてもらえた。

妬まれないわけがなかった。

『忌むべきけもののめ』

『悪魔の申し子だね』

父親に知られぬよう薄暗い地下室へ連れて行かれ、逃げられないように枷をはめられ、肉体的に、精神的に、痛めつけられるたびに逃げ出したいと思った。別人になれたら。これが現実でなければ。

周囲に訴えることも考えたが、報復されるのは目に見えていた。なにしろ兄は五人、束になってこられたら勝ち目はない。

――三年、四年、耐え続けた。

ふと気づいたとき、時間は盗まれ、誰かの気配を背中に感じていた。

ヤリカエセ、と声も聞こえた。痛めつけてしまえ、同じだけの苦痛を味わわせてやれ。

コロシテシマエ。

あまりにも凶暴な囁きに、命を狙われているという妄想に苛まれたこともあった。

ハリエットが地下室へ迷い込んだのは、そんな折だったのだ。

兄たちの暴挙に憤り、受け入れ難い恐怖を聖人と呼び、そして救いたいと言ってくれた。

おかげでヴィンセントはジャックとセスの二人と向き合い、和解し、共存する道を進めたのだ。

十日、二十日、一ヶ月――。

次に逢おうと約束した日、彼女は必ず姿を見せてくれた。

苦痛に耐えた日数の分、綺麗に成長してくれることが嬉しかった。

折檻の辛さに、何度か彼女の提案通り養子に迎えてもらえたらと考えもしたが、いつか求婚するためだと思えば堪えられた。

――怖いことはどうか忘れて。

そう囁いたのは、ハリエットが混沌としたヴィンセントの人生における、唯一の清純だったからだ。

救おうだなんで思わなくていい。自分はすでに救われている。あなたを恋しいと思えるだけで、救われている。

忌むべきけものに与えられた、かけがえのない清らかな存在。

すべては彼女のために。

＊＊＊＊

「ハリエット……！」

邸内にその姿がないと気づいたヴィンセントは馬を駆り、敷地を飛び出す。すぐ後ろから同じように馬に乗りついてきたオーウェンは、きちんと事情を察しているようだ。

「おいヴィンセント、ハリエットが逃げ出したのはおまえの所為なんだな!?」

「……ええ」

あのタイミングで居なくなったのなら、間違いなく自分が原因だと思う。

「わかった。なら、俺より先に見つけてみせろ。もしも後手にまわったら、彼女は二度と返さない。俺の妻としてそのまま連れて帰るから覚悟しておけ！」

馬上でそう宣言して、オーウェンは左の林へと飛び込んでいく。

恐らく本気だろう。一度目に婚約したときには、あんな宣戦布告は受けなかった。

それを言ったら彼女もだ。ひとりになりたい、なんて初めて言われた。

なぜ、いなくなった。

ハリエットだけは危険に晒せない。

この世から失ったら最後、自分は本物のけものになってしまう。万が一の喪失感を思うと、ひとつの体の中で三つの狂気が暴れ出す。彼女が愛しくて、繋ぎとめたくて、暴走しそうになる。

――今、行く手にはレモン色の月光が降り注ぐナヴァール領が広がっている。

早く捜せ、と頭の中でジャックが急かす。オーウェンに後《おく》れをとってたまるかと。

一方でセスが彼女を失う恐怖に怯え、がむしゃらに体の主導権を握ろうとしていた。それを押しとどめて、手綱《たづな》を引く。

「どこにいるのです!?」

叫んで丘を越え、牧場の敷地内へ下ろうとしたところでヴィンセントは絶句する。

一面にたゆたう淡い霧。

さほど濃いわけではないが、この中で人をひとり捜すのは困難だ。

ましてや霧に惑わされてハリエットが道に迷ってはいないか――野犬にでも襲われてはいないか、想像すると血の気が引く。

(いいや、彼女なら)

暗がりを怖がる彼女なら、ただ闇雲に突き進んだりはしないだろう。

まずは火を灯して、安全に一晩を過ごせる場所を探すはずだ。

民家……は周囲にはない。馬小屋の類いもだ。だが、確かワイン貯蔵庫として使っている壊れた水車小屋があったと思う。

「ハリエット!!」

叫んで飛び込むと、潰れたマッチ箱と短い蝋燭が一本、床に置かれている。屋敷から持ち出したものに違いない――まさか彼女の身を狙う例の奴らに襲われたのでは。

(嘘だろう)

連れ去られたのか。

どちらの方向に?

振り返って、絶望的な気持ちで外の景色に目を凝らす。そのときだった。

「……誰かいるの？　もしかしてヴィー？」

足下からかすかな声が聞こえる。見ればワイン貯蔵庫である床の扉に掛け金がおろされ、ノブには念入りに縄が巻かれている。人為的な閉所であることは一目瞭然だった。

「ハリエット!?　そこにいらっしゃるのですね！」

やはり例の犯人の仕業か。

屋敷の周囲は厳重に警護させているから、近づけずにこのあたりで留まっていたのかもしれない。しかしなぜ、こんなところまで追ってきておいて止めを刺さないのだろう。

考えを巡らせながら手早く縄をほどき、扉を開ける。暗闇でさぞや怖がっているだろうと、屋敷から持ってきたランプを先にかざすと、彼女は斜め下にうずくまっている。

「助けに来てくれるのは、いつもあなたなのね……」

目が合うと、泣き腫らした顔で笑った。

たまらずに地下室へ飛び降り、ハリエットの体を衝動のままに掻き抱く。

「ご無事で……良かった」

本当によかった。安堵して息を吐くと、華奢な手が背中に恐る恐るまわってきてジャケットをぎゅっ、と握った。

その心もとない力が愛おしくてたまらなくて、息が止まりそうだった。

干し草小屋を出ると、ヴィンセントはまだ胴にしがみついているハリエットをなだめ、抱き上げて馬に乗せる。

「……ごめんなさい、考えなしに屋敷を出たりして」

「もう良いのです。逃げたいと思わせた私にこそ責任があるのです」

彼女はなにも悪くない。そんなことはありえない。ハリエットが白を黒と言うなら、世界中の白を黒に変えたっていい。しかしハリエットはふるふるとかぶりを振って、小さな手提げから封書を取り出して見せる。

「逃げたわけじゃないの。この手紙に、秘密を打ち明けるからここへ来てほしいって書いてあって……でもオーウェンがこんなこと、するわけがなかったよね」

受け取ってランプをかざせば、封蝋にはトレヴェリアン家の紋章が押されている。

「この手紙はどこで？」

「部屋に置いてあったの。たぶん、メイドが持ってきてくれたんだと思うわ」

正式な紋章があったから警戒しなかったのか。幼い頃、父親を介して寄越されたオーウェンからの手紙にも毎回この紋章が押されていた覚えがある。だが、跡取りでもないオーウェンが印など所有していただろうか。

「……ひとまず帰りましょう。確認はそれからです。いいですね？」

彼女の後ろに跨がろうとすると、背後の林をかきわける音がする。

オーウェン……いや、犯人か。

咄嗟に彼女を背に隠す格好で振り向き、素早くランプをそちらへ向ける。

闇に浮かび上がったのは黒っぽい服装の男だった。面食らった様子の男の手には、見覚えのあるものが握られている。

焼き印だ。

赤々と焼かれたそれを前に、ヴィンセントの全身からは血の気が引いた。

「なぜ、そんなものを……」

まさかハリエットの肌を焼こうと？

――許さない。

怒りに任せてジャックが、そして思い出される痛みにセスが現れそうになる。

（待て）

ヴィンセントはそれを押しとどめ、じりりと後退して後ろ手に馬の手綱をとる。今はハリエットを安全な場所へ移すのが先決だ。

木の幹《みき》に結んでいた手綱を体の陰でほどきながら、意識を胸元の拳銃へと集中させる。

男が飛びかかってこようものならすぐさま反撃に出ようと、ジャックがそわついているのがわかる。

すると、手綱が解けたところで男が口を開いた。

「娘をこちらに寄越せ。金ならやる」

ぼそぼそと乾いた、どこかで聞いたような声だった。

やはり目的はハリエットか。確信したヴィンセントは手綱の先を素早く彼女の手に握らせ、馬の左脇腹を叩いた。

「逃げてください！」

「ヴィー!?　いやっ……」

賢い馬だ。任せておけばきっと屋敷まで彼女を連れ帰ってくれる。

遠ざかる蹄《ひづめ》の音を背中で聞きながら、これでよかったのだと自分に言い聞かせる。

地下室で見たものを忘れてほしいと言ったときの気持ちは今も変わらない。

護れる自信があるならばいくらでも繋ぎとめるが、わずかでも危険が及ぶなら遠ざけることは厭わない。

そうしてこの三年間、見守るだけで過ごしたのだ。

時折ジュディから送られてくる、彼女の様子を記した手紙だけを楽しみに。

ジャケットの胸に手を入れて拳銃に触れると、対する男も胸元から同様のものを取り出そうとしていた。

発砲音はほぼ同時に二発、薄霧の中でこだまする。

――ハリエット、あなたは誰にも傷つけさせない。

＊＊＊＊

「いやよ、ヴィー……ッ」

遠ざかる彼を馬上から見つめ、ハリエットは叫ぶ。

「ヴィンセント!!」

どうして一緒に立ち向かわせてくれないの。私はただ護られていたいわけじゃない。クリスマスの晩のように恐怖から優しく庇われて、なにもできないままでいるのは嫌なのに。

駆ける馬の背にしがみつき、振り落とされないように必死で耐える。

乗馬なら得意なほうだ。だからおてんばでいけないと父からもよく叱られたのだった。

だが、このままでは本当に屋敷まで連れて行かれてしまう。

去ってきた方向から銃声がとどろくのを聞き、血の気がますます引いた。

(こんなのはだめ)

彼を見捨てたままではゆけない。まだ向き合えていない。本当の気持ちを伝えないまま、彼の身になにかあったら絶対に後悔する。

摑んだ手綱を操り、どうにか方向を変えようとする。今来た方向へ引き返そうと試みる。

しかし焦るばかりで手は滑り、うまく操れそうにない。

もどかしくて涙が出そうになる。

「……っ！」

それでも諦めきれず力任せに手綱を引けば、強く引きすぎたようで馬はいななき、前脚で宙をかいた。

「きゃあ、っ」

後脚の方向に落とされそうになった体を、ギリギリで留めるので精一杯だった。すると馬はすぐに前脚を地に戻し、その場で落ち着いたように足踏みをする。

（止まった？）

これで引き返せる……！

体勢を整えると、ハリエットは真っ先に邪魔なスカートの裾を大胆にウエストまで破った。すねとドロワーズが露出したが構わなかった。

破った部分を腰で縛り、男のように鞍に跨がり直すとやけにしっくりくる。同時に、心までさっぱりとして持ち直せた気がした。

――どうしてこんなに、信じるのが怖くなった？

幼い頃、期せずして母を亡くしたあとも、信用するという行為はこんなに難しいものだっただろうか。

自分を置いて突然消えたのは母も同じだ。大切なものを失った経験なら他にもいくつもある。心が張り裂けそうな別れも、幾度もあった。

けれど幼い頃は何度裏切られたってまた新しく信じられた。

少なくとも彼は来てくれた。来てほしいと願ったそのときに、何度だって現れて自分を救ってくれた。

「もう迷わないわ、私」

彼がなにを考えていようと、自分はまず自分を信じる。頼りなくても、この手を差し伸べてみせる。

思えば彼を追って下街へ出たばかりの頃もこんな気持ちだった。信用できるかどうかなんて微塵も考えずに、信じようとだけ強く思っていた。

それだけでよかったはずなのだ。

すると後方から早馬《はやうま》の蹄の音がする。あの黒服の男の仲間かもしれない、と身構えたハリエットだったが、

「ヴィンセント？　いや、ハリエットか！　無事だったんだな」

それがオーウェンと気づくや否や、胸を撫で下ろした。

「ええ。でもヴィーが危ないの。一緒に来て!!」

叫んで、手綱をしっかりと握り力強く馬を駆った。

二度と同じ迷いには引き返さない、と心に誓って。

＊＊＊＊

幸運にも太い木の幹に身をひそめられたヴィンセントは、男の動きを封じる一瞬の隙を狙っていた。

一発目に放った銃弾は相手の足先に当たったらしい。男はうずくまり、背の低い木に隠れて呻きながら応戦してくる。

もしも霧深い林の中に逃げ込まれたら最後、捕らえるのは困難だろう。いくら足を怪我しているとはいえ、馬にでも乗られたら追い付けない。

それだけは避けたい。狙われる理由を明らかにしなければ、彼女はいつまでも怯えて暮らすことになる。

「ヴィー‼」

緊張感で息を呑んだとき、その声は聞こえた。

蹄の音もだ。一頭ではなく、二頭分の。幻聴かと疑いながら振り返ったヴィンセントは、馬の背に跨がり駆けてくる知るべの姿に瞠目する。

「オーウェン……ハリエット⁉」

屋敷に戻ったはずでは。下着を露出したその格好は一体。

呆気にとられて目を瞬《しばたた》くと、彼女はヴィンセントの目の前に手を差し伸べて、声を張り上げ宣言する。

「お願い、乗ってっ。私、あなたを置いてなんか行けない……！」

涙声だが、凛々しかった。

夢でも見ているのではないかと思う。一度ならず二度までも、彼女は自分を救おうとしている——誰よりも細く頼りない腕で。

考えると、体の中で三つの心が揺さぶられてどうしようもなくなる。

(どうしてこんなにも夢中にさせるんだ)

狂おしいほど愛しくさせるのだろう。

すると木蔭ががさりと動いた音がする。まずい、と身構えたときには遅かった。乾いた発砲音を木立の間に響かせて、銃弾が発射される。

「ハリエット!!」

馬上の彼女を庇うのは無理があったが、それでも庇わずにはいられなかった。胴に腕をまわして覆い被さると、左の上腕部を弾が掠める。

「きゃ……っ、ヴィー!?」

衝撃の後火傷のような痛みがはしった。しかしそれより激しく怒りに火をつけたのは、ハリエットに銃口を向けられたことだ。

ヴィンセントは振り返って引き金にかけた指を躊躇なく引いていた。

高い悲鳴。当たったのは右腕だ。男は衝撃に拳銃を手放す。

その隙をついて、オーウェンはヴィンセントの側をすり抜け突っ込んでいく。友の身を案じたのも一瞬、しかし男は目前に迫ったオーウェンに銃口を向けようとはしなかった。

「……おまえは」

オーウェンもだ。そう呟いて立ち止まり、男に向けて構えた拳銃を、ゆっくりと脱力したように下ろしていく。

「父さんの侍従が、どうしてここに」

その呟きはハリエットにも聞こえていたらしい。目を丸くして彼らふたりを見つめている。男は面目なさそうにうなだれ、オーウェン様、とだけ応えた。

＊＊＊＊

屋敷へ戻るとすぐに侍従を地下に監禁し、メイドに温かい風呂を準備させてハリエットを浴室へやる。そうして、ヴィンセントはリビングの暖炉の前でソファに体を委ねた。

一足先に部屋へ来ていたオーウェンは向かいのロッキングチェアに腰掛け、沈痛そうに目を閉じている。

「どうしますか。辛いようなら、私ひとりで話を聞き出しますが」

「……いや、俺も行く。ハリエットを危険な目に遭わせた理由を、確かめさせてもらう」

窓の外では、月下で霧が密度を増してゆく。厄介なものだ、とヴィンセントは頭の片隅で思いながらそれを見下ろす。

闇は光さえ灯せば一気に視界が開けるのに、霧は照らし出そうとするとますますぼやける。煙のようなものがもわりと迫ってくる。光まで呑まれるようで、だから真の絶望は闇より霧のほうが似合う気がする。

闇より鮮やかに真実を覆い隠す白。

もしも罪まで覆い隠してくれたなら、いっそ清廉にも見えるのに。

7、

ハリエットが暗闇から三たび救出された晩のこと。

湯船にたっぷりお湯を張った贅沢なバスタイムには、薔薇の花を散らすというドラマチックな演出がついていた。贅沢すぎて腰が引けるハリエットに、旦那様の命令ですから、とメイドは湯上がりに薔薇の香りのオイルまで塗ってくれる。

そうして辿り着いた寝室、待っていたのは蜂蜜を垂らしたジュディ特製のホットミルクと、いつもよりさらに甘い顔をしたヴィンセントだった。

寝間着にガウンという格好のハリエットを後ろから抱く格好でベッドの上に座り、髪を布で拭いてくれる。

「このままでは風邪をひきますから」

サービスが過剰すぎると思う。

「ヴィーのほうが怪我してるのに」

「かすり傷ですよ。手当ては済んでいますし、心配はいりません」

「でも」

「いいから、じっとして」

動かすのは痛いだろうと思って言ったのだけれど、彼の手は止まることなく布を動かし続けている。聞く耳は持ってもらえないみたいだ。

犯人は、と尋ねると、拘束して別室に閉じ込め、オーウェンが今事情を聞いているという。身内の犯行とはいえ、市警で取り調べの経験がある彼なら難しいことではないだろう。

「内ももは痛みませんか？　馬上で擦ったでしょう」

「……少しだけ」

スカートを破って乗馬だなんて、はしたないと思われただろうか。

無言でいると、振り向かされて額にチュ、と音をともなうキスを与えられる。

「無茶をする人です、あなたは」

続く口づけはわずかに位置をずらして、眉間に優しく押し当てられた。

「ですが私は、これまであなたのそういう性質を無視してきたのかもしれませんね」

反省のこもった素直な声が恋しくて、胸の奥がきゅうっと狭くなる。

「……ううん、それで良かったんだと思う」

「良かった?」

「思い上がりだった。あなたを助けるつもりで駆け戻ったのに、結局護られるしかなかった。私がいたせいで、しなくてもいい怪我をさせたわ」

ごめんなさい、と頭を下げて、下唇を噛む。

自分も彼のためになにかをしたかった。でも、その『なにか』は危機に際して彼と同等の働きをすることではなかった。となれば少なくとも三年前、なにも言わずに消えてしまった彼の判断は間違いではなかったことになる。

自分を頼ってくれなかったことも。

しかしヴィンセントは首を左右に振って、穏やかな笑みを見せてくれる。

「いいえ。あなたが戻ってくださらなければ思い切って引き金を引くことはできませんでしたよ」

「……本当?」

「捕らえて話を聞き出さなければと、慎重になっていましたから。私はどうにも先に頭で考えて行動する癖が抜けなくて、いけませんね」

ありがとう、と言ってくれる優しさが胸に痛かった。こんなに想ってくれている彼のことだ。隠し事にも彼なりの理由があっただろうに、聞く耳も持たずに酷いことを言った。

「お願い、もう一度話をさせて。今度は冷静でいるわ。取り乱したりもしないから、ヴィーの言い分をきちんと聞かせてほしいの」

「私の言い分、ですか」

「ジュディのことも、『ジャック』と『セス』のことも、……それと私に望むことも。本当のあなたが知りたい。わかりあいたいの」

でなければ結婚どころか、恋人としての関係さえきちんと築いていけないと思う。

すると髪を拭いてくれていた手がゆるりと止まり、虚をつかれた顔で彼がこちらを見下ろした。

「まさか……地下室でのことを思い出されたのですか」

「ええ」

頷くと、緑青色の瞳は不安そうに揺れる。

「怖かった思い出まで、全部ですか？」

「全部よ。でも私は大丈夫、そんなに心配しないで」

やはり、彼の隠し事には自分への思いやりが含まれている。陰の献身を確信して、ハリエットはヴィンセントの右手を握る。ぎゅっと力を込めて、ありがとうと感謝を伝える。

すると彼はやっと少し安心したように笑う。それから立ち上がって自室へ行き、例のジュディからの手紙の束を持って戻ってきた。

「内容に目を通してみてください」

「い……いいの？」

「もちろん。書かれているのはあなたのことだけですから」

言われて見てみれば、確かに文面はハリエットの話題で埋め尽くされていた。

日々の生活ぶり、仕事ぶり、それからオーウェンの誘いを断り続けていること、ヴィンセントを想い続けているらしいこと、だからハリエット様は今もあなただけの花嫁、心配はいりません――。

「離れていても見守っていたと言ったでしょう」

彼はベッドサイドに座り、ハリエットを右腕だけでそっと抱き寄せる。

見守っていた、というのがまさかこんな意味だったなんて。

「……いつから……？」

「定期的な連絡を寄越すのは、メイドに就任した日からの決まりごとでした」

「そ、そんなに前から」

「ええ、まあ。今だから告白しますが、オーウェン以外の男からの恋文はあなたの目に入る前にことごとく破らせました。下街へ出てからも、悪い虫がつかないようにと……ですからなかなか打ち明けられなかったのです。すみません」

全然気づかなかった。まるですべてが彼の思惑どおりに進んでいたみたいだ。

しかしオーウェンの手紙には手をつけない点、やはり一目置いていたに違いない。争っていても、いい友人関係だったのだろう。

「じゃあ、この宛名が『ジャック』になっているのは？」

「ジュディと最初に対面したのがジャックだったのです。その所為か、彼女は狂気的なジャックに心酔しているようでして」

「そう……ジャックはあれからずっとあなたの中にいたのね」

尋ねると、ヴィンセントはやるせない笑みを浮かべて頷き、シーツの上に散らばっていたジュディの手紙をまとめた。

「複雑な気分です」

「複雑？」

「結婚の約束をしてから、私はあなたに彼らふたりのことを告げるか否か迷っていました。なにも知らせないまま結婚するのはいけない、けれど、一緒に恐ろしい記憶まで蘇らせるくらいなら黙っていたほうがいいと」

窓辺まで数歩、歩いていったかと思うとこちらを振り返る。

「ですが本当は……私自身は、知ってほしかった」

銀の前髪が顔の右半分に垂れ下がり、深い影をそこに落としている。

シャンデリアは温かみのある色で室内を照らし出しているが、彼はそれでもひんやりとして見える。自らの冷たさにひとりぼっちで震えているかのように。

「……ねえ、ヴィー」

ハリエットはベッドから身を乗り出して乞う。

「私はどうしたらいい？」

自分にできることを知りたい。ひとりよがりの行動ではなく、彼の本当の望みを知って、本物の彼に手を差し伸べたい。

その言葉にヴィンセントはやはり躊躇したようだった。悲しげに目を伏せ、開きかけた唇を閉じてしまう。こうしてこれまで本音を封じてきたのかもしれない。

「お願い、あなたの望みを教えて。知りたいのよ」

だがハリエットがしっかりした口調で言うと、彼はようやく覚悟を決めた様子で、長く息を吐いてから言った。

「……受け入れて、いただきたいんです」

「え？」

「幼い頃のように、無条件で受け入れてもらえるとは思っていません。それでも叶うことなら……受け入れていただきたいんです。三人分の私を、全員」

こくりとハリエットの喉が鳴る。受け入れて、それは初めての夜にも聞いた台詞だった。

「兄が亡くなったとき、ふたりは役割を終えていなくなると思っていました。ですがまだここにいる。私と繋がったり切れたりしながら、ここに」

ヴィンセントは自分のこめかみを人差し指でさし、視線だけをこちらへ流して言う。

「彼らが存在し続ける理由はひとつ、あなたへの執着です」

「私……？」

「全員であなたを愛しています。あのクリスマスの夜からずっと」

目を見開くと、彼の頭上に浮かんだ月が窓ガラス越しにユラと揺れた。

「三人の私と結婚してください」

三人との結婚。予想の遥か上をゆく要求に固まらずにはいられなかった。

今まで当たり前のように、恋の相手はヴィンセントひとりだと思っていた。信じるも信じないも、対象は彼だけだと。

「ご迷惑ですか。私に三人分想われるのは」

「そんなことはない、けど」

どうやって三人もの夫を持てと言うのだろう。しかも、三人のうちふたりはヴィンセントの頭の中にいて、各々の姿を持たない。

その三人を――目に見えないものを信じなければならないのだ。

このような未来は予想もしていなかった。

するとそのときノックなしで扉が開き、スーツ姿の男が飛び込んでくる。

「ヴィンセント、悪い、邪魔するぞ……！」

男はまぎれもなくオーウェンその人だった。

「一週間ほど前、ゴートレイルの街に『切り裂きジャック』が出たらしい。今日届いた、元同僚の手紙に書いてあった。父さんの侍従はずっとナヴァールにいたそうだから、やっぱりハリエットを狙っていた犯人と『切り裂きジャック』は同一犯ではなかったんだ」

物騒な報告にヴィンセントは眉根を寄せて、なにもこのタイミングで、と不快感も露わにこぼしてから問う。

「被害者は？」

「新聞屋の男だ。ハリエットは恐らく面識がないと思う」

どういうことだろう。『切り裂きジャック』はハリエットの顔見知りを狙っていたはずではなかったのか。

ヴィンセントと顔を見合わせ、ハリエットは混乱しきった頭を抱えた。

＊＊＊＊

オーウェンが部屋を出て行くと、いっぺんゴートレイルへ戻らなきゃ、とハリエットが突如言い出したのでヴィンセントは驚いて目を丸くした。

「戻る、ですか」

「だって私を狙っていた犯人は捕まったし、子供たち、これまでは気丈に振る舞ってたけど火事で焼け出されたあとだもの……切り裂きジャックの話を聞いて怖がってるかもしれない」

そういうことか。

もちろんタウンハウスへは戻るつもりだったのだ。だが、彼女のほうから言い出すとは思わなかった。

ハリエットが室内を行ったり来たりしてトランクに服を詰め始めたところで、ヴィンセントはさりげなく彼女を絡めとりベッドサイドへ腰掛けさせる。

「夜が明けたらジェイムズに汽車のチケットを手配させます。席がとれ次第ゴートレイルへ戻れるようにしますから、今日のところは休みましょう」

「ええ……そうね」

「ひとまず切り裂きジャックの事件が沈静化するまで、院長を含め、孤児院の方々は全員こちらに来ていただきます。子供たちには家庭教師をつけて教育を受けられるようにすればなんの問題もありませんね？」

そこまでしてもらうわけにはいかないわ、という焦った抗弁は笑顔で封じた。

「さあ、お休みください。あなたが倒れたら、子供たちはさらに不安になりますよ」

細い体をベッドへ横たえ、たっぷりと空気を含んだ羽毛布団でくるむ。その脇に添い寝して、瞼を閉じるようにキスを与えつつ心の中で懺悔する。

——すみません。

面識がない被害者ならば動揺も少なかろう、これまでの不安も拭えるだろうと思ったが、早計だった。

柔らかな髪を撫で、額に口づけを繰り返す。いつもならば早々に寝息が上がり始めるところを、聞こえてきたのはため息のようだった。

手を握り、物音を立てずにじっと寄り添う。なんて慈悲深い人だろう。

贅沢を言ってほしいと願っても、自分ひとりが受け取れるようなものは決して望まない。しかもそれで幸福そうなのだから感服してしまう。

やがて子供たちを案じながらハリエットは眠りに落ち、ヴィンセントはその寝顔を見つめて表情を切なく歪める。

「……動揺の原因は、『切り裂きジャック』だけではありませんね？」

答えなどわかりきった独り言だった。

三人分の求婚を受け入れてほしいと言った。

わかり合いたいと申し出てくれた彼女に甘えて、ついに本音を口にしてしまった。一生黙ったままで生活することだってできたのに——真正直に。

騙してしまおう、手管に巻いてしまおう、と思っていたはずが、純粋な瞳に見つめられたらできなかった。

いや、本音を言えばもっと早くに打ち明けてしまいたかったのだろう、自分は。ジャックとセスをあえて時々表に出していたのは、気づいてほしかったからだ。三つの人格を持つ、本物のヴィンセント・ランハイドロックに。

(あなたにだから、わかってもらいたかった……)

ヴィンセントは長く息を吐き、薄霧の中から舞い戻った、馬上のハリエットの凜々しさを思う。

ひとつの傷もつかないように護っているようで、実際、「護っている」という安心感に救われているのはヴィンセントのほうだった。

ただじっと護られてくれている彼女に、甘えていた。

待ち続けるだけでなにもできない辛さがどれほどのものか、結婚の返事を焦らされてやっとわかった。

「……愛しています」

時を戻せるのならターナー卿の葬儀の日、魂だけになっても寄り添うのに。護れる自信などなくとも、攫って逃げるのに。貧しくても苦労をかけても、あなたが毎日笑えるように力を尽くすのに。

——今、私になにができる?

手を差し伸べられてばかりでは到底、釣り合わない。あなたにとっての私と、私にとってのあなたでは存在の重さが違いすぎる。

(今度こそ、あなたの側で)

自分にしかできない役割を果たしたい。

ヴィンセントはオイルランプの穏やかな光の中で、安らかに眠る聖女の額に誓いのキスをそっと落とした。

＊＊＊＊＊

翌朝、ヴィンセントは急ぎで汽車のチケットを手配してくれたが、満席の状態らしく、乗車できるのは最短で二日後とのことだった。

無理もない。汽車での旅は貴族のみならず成金たちの新しい趣味として流行している。いくら大金を積んだところでない席はとれない。

(行けない、と言われると余計に焦るわ……)

ハリエットは院の子供たちの顔を思い浮かべながら自室の窓辺に立ち、霧にけむる丘を見下ろす。夕べは眠れたような眠れないような、しかしヴィンセントが寄り添っていてくれたおかげで安心して休むことはできた。

どうやって彼を三人受け入れたらいいのだろう。三人の夫を持つなんて、想像もつかない。困惑するばかりの頭でぼんやり考えていると、続き部屋からヴィンセントがやって来て気遣わしげに言った。

「ハリエット、少しいいいか」

その手にはケーキ皿にのったチェリーパイが一切れ携えられている。

隣国なまりの口調に、ああ、とハリエットは察する。

「ジャックね？」

「わかるのか」

「なんとなく」

ヴィンセントがひとりではないということは、一応理解したつもりだ。まだどんな結論を出したら良いのかは見極めきれないけれど、目を逸らすつもりもない。

どうにか笑顔を作ってソファを勧めると、無言でパイのお皿を突き出されて固まってしまう。

「えと、おやつ……？」

まだ十一時だけれど、と疑問に思いつつ見上げれば、そっぽを向いたバツの悪そうな顔がそこにあった。

「食え」

「え？」

「食ってなかっただろう、夕べも今朝も。だから食え」

見ていたのか。驚きに目を瞬かせるハリエットに、ジャックはお皿をぐいぐいとぶっきらぼうに押し付けて言う。

「……これは美味いと言っていた」

視線を落とすと、パイの切り口はでたらめで、添えられたフォークもメインディッシュ用の大きさだった。メイドに頼めばいいのに、自分で用意してきたのだろう。

「わざわざ、あなたが……？」

私のために？　キッチンに立って？

「悪かったな、ヴィンセントのように器用じゃなくて」

おずおずと皿を受け取るハリエットを前に、ジャックはあくそ、とおよそヴィンセントらしからぬ物言いをして、ソファにどっかりと腰を下ろした。

「こんなとき、普通の男はどうするんだ。どうやっておまえを慰める？」

「ジャック」

「笑わせてやりたいのに、泣かせてばかりだ」

前髪を乱暴にかきあげる彼は歯がゆそうで、不器用さが見て取れる。

「昨日も、最初の晩も、本当は大事にしたいと思っていた。壊さないように、優しく、触れたいと思っていた。だが俺には、大切に愛する方法がわからない」

昨日とはハリエットが屋敷を抜け出す直前、最初の晩は処女を奪おうとしたときのことだろう。

「乱暴にすることでしか感情表現ができない。気づけば泣かせている。……すまない」

心から後悔している声に、なんだか拍子抜けした。ジャックはヴィンセントの中の抑圧された凶暴な欲求なのだと聞いたことがあるけれど、少しも凶暴などではない。思えば最初の晩も触れかたはずっと優しかった。

悄然《しょうぜん》とする彼の右隣に、ぽすんと座って息を吐く。

「今日は泣いてないわ」

泣きたい気持ちだったけれど、引っ込んでしまった。

「ありがとう。いただきます」

デザートには大きすぎるフォークでパイを頬張れば、サクランボは昨日よりずっと酸っぱい味がする。彼の態度がそれよりも甘いからだろうとハリエットは思う。

「美味しい。ありがと……」

「礼を言いすぎだ。俺はおまえに恨まれても、感謝されるような人間じゃない」

「まさか、そんなことない」

謙虚もいいところだ。

ふと見れば、彼の左手はハリエットの毛先に触れるか触れないかのところでさまよっている。どう触れたらいいのか、わからないとでも言いたげだ。

ジャックは凶暴さの塊というより、不器用さの塊みたいに見える。同じ体なのに、ヴィンセントのそつのなさが嘘のようだ。もどかしげな表情が、なぜだか愛おしい。

パイを食べ終わってお皿をテーブルに移すと、ハリエットは彼のその手をとって頬に当てた。

「……あったかい」

じんわりと優しい体温が染みてくる。

「もう少し、このままでいてもいいかな」

お願いすると、鋭い光を宿した緑青の瞳はわずかに柔和になる。

「ああ、おまえが……それを望んでくれるなら」

この人に想われている、と思うと胸が苦しい。

ヴィンセントは抑圧した凶暴さの中にも、自分への想いを見出してくれたのだろうから。

＊＊＊＊

前日の寝不足もたたって、お腹が膨れたら眠ってしまったらしい。目覚めると太陽は真上にあり、ハリエットは自分のためにしつらえられたベッドの上にいた。

なんとなく両手両脚を動かしてみる。干したばかりの羽毛布団の匂いがする。すると、左手だけがそっと温かく包み込まれていることに気づく。

「おはよう。なんてね、まだ朝じゃないよ」

薄く瞼を開くと、左側から笑顔のヴィンセントに覗き込まれていた。

視界には、彼の両手に大切に握られている左手も映り込む。彼はベッドの左端に座ってニコニコとこちらを見下ろしている。

「ずっとこうして側にいてくれたの？」

「うん」

「ヴィー、……じゃなくてセスね？」

この満面の笑みは間違いなくそうだ。ハリエットが少々首を傾げて問うと、あたり、といたずらっぽい口調で返された。

「ハリエットは勘がいいね」

唇の端に小さく覗く八重歯にどきっとさせられてしまう。ヴィンセントは決してこんなふうに無邪気には笑わないから。

「もう少し寝なよ。昨夜、よく眠れなかっただろ」

「知ってたの？」

「当たり前だよ。大事なお姫様なんだから」

笑顔のまま握っていた手に指を絡めて、彼はゆっくりと覆い被さってくる。

「みんな心配してる。ヴィーも、ジャックも、……僕も」

右頬に押し当てられた唇が、つうっと首すじへ落ちてそこに囁いた。

「ヴィーなんてさ、ゆうべ隣で寝たふりをして、一晩中きみに懺悔《ざんげ》してたんだ。難しい要求をしたって」

気の所為でなければ、右胸の膨らみに掌を当てられていた。ゆるゆると、指を食い込まされて震えてしまう。昼間から何をしているのだろう。いや、じゃれついているだけかもしれない。

「ヴィー、が……？」

「そう。でも『平気か』って尋ねれば必ず『大丈夫』ってきみが強がるのはわかってるから、ヴィーの心配はいつも胸の中。表面上は平静を保っていてもね」

動揺するヴィンセントの姿を思い浮かべようとしても、普段のイメージから遠すぎてできなかった。

「もう少し休んで。でないと襲うよ？」

首すじに落ちた唇から、ちろっと出された舌がハリエットの肌をくすぐる。右手は胸の柔らかさを確かめるように揉みしだく動きを加えてくる。

「……や、ね、寝るから」

じゃれついているだけではなかったのか。

肩を摑んで押し返そうとしたが、かえって口づけを強くされて、ちりっとした刺激を左の鎖骨のすぐ上に与えられた。

「じゃあこれで許してあげる」

そう言ってセスは掛け布団の内に入り込み、ハリエットの肩に右腕をまわす。

「苦しいことは僕が全部受け止めるから、大丈夫だよ」

「……セス」

唇がこめかみに押し当てられる。と、鼻先を掠める銀の髪からはヴィンセントの匂いがして、胸がきゅっとした。

どんなに性質が違っても、セスは彼の一部だ。折檻《せっかん》を耐えるために切り離した、痛みを感じやすい素直で純粋な部分。それは、ハリエットが最もヴィンセントに見せてほしいと願った部分でもある。

「どうして私だったの？　魅力的な女性なら他にいくらでもいるのに」

斜め上の彼の顔を見つめながら問うと、おかしなことを聞くね、と笑われてしまった。

「ハリエットは僕らに名前をくれた。ヴィーに僕たちの存在を認めさせてくれた。怖くない、と言って触れてくれた。どうして好きにならずにいられるの？」

するとと、目の前でわずかにはだけたシャツの内側に666の痕が覗いているのを見つけて、ハリエットはギクリとしてしまう。忌避してやまないこの数字を焼き付けられたとき、どれだけの苦痛を受けただろう。

痛みは決して、肉体だけのものではなかったはずだ。

「きみが好きだよ、この世の誰よりも」

甘い告白は、ハリエットが意識を手放すまで淡く続いた。

切なくてたまらなくて、一言も拾い漏れのないようにしたくて、ハリエットは眠りの中でもその声を聞こうと耳をすませていた。

＊＊＊＊

「じゃあ行ってくる。ごめんね、一緒に連れて行けなくて……。一晩たったら子供たちを連れてこちらに戻るから、ジュディは準備をしておいてもらえないかな」

「かしこまりました、奥方様」

「……ジュディにかしこまられるの、まだ慣れないわ」

「なにを言ってるんです。下街へ出るまではずっとこうだったではないですか」

ハリエットがジュディと玄関の外で問答していると、ロータリーに止まっている馬車の車内から声をかけられる。オーウェンだ。

「おいハリエット、急げ！　出発時間ぎりぎりだぞっ」

「ええ、すぐ行くわ！　じゃあジュディ、仕事を増やしてしまって悪いんだけど、お願いね。帰ったら私も手伝うから」

顔の前で両手の指先をちょこっと合わせて詫びたら、微笑ましげに笑われてしまった。

「済ませておきます。以前にも申し上げたはずですよ、メイドという生き物は、主がなすべきことを代わって遂げるほど名誉に思えるものなのだと」

「主になった実感がないんだもの。ねえ、私たち、ずっと友達よね？」

聞いたのは、一週間もジュディと離れるのが初めてだったからだ。十歳年上の彼女は、母を早くに亡くしたハリエットにとって姉のようでも母のようでもあった。

また、ヴィンセントは彼女がハリエットに自分の無事を伝えたがっていたことを教えてくれた。決して騙すつもりはなく、命令に従って行動していただけなのだと。

その言葉を、信じている。

「もちろんよ。……気をつけて、ハリエット」

「うん。行ってきます」

ハグを交わしたら、ヴィンセントの侍従であるジェイムズが駆け寄ってきて、足下へ置いていた手持ちのパラソルとバッグを運んでくれた。着用中のワインレッドのワンピースも含め、すべてヴィンセントが用意してくれたものだ。

　玄関の石段を下りると、ハリエットは真っ直ぐに馬車へ乗り込む。双頭の獅子の紋章があしらわれた、黒光りする箱型馬車だ。

　ゴートレイルの街へ戻るのはハリエットの他に、オーウェン、ジェイムズ、そしてヴィンセントの三人のみだった。今回は一等車両が四席しかとれず、万が一『切り裂きジャック』と対峙したときのために、ハリエットを護れるこのメンバーに落ち着いたのだと聞いている。

　到着は夜になるため、一晩をあちらで過ごしてから明日、皆を連れてナヴァールへ戻ってくる。帰りの座席はきちんと人数分押さえられたそうだ。

　駅へ向けて馬車が走り出すと、ヴィンセントが隣から右手を握って言った。

「そんなに不安そうな顔をしないでください。私たちがついていますから。あなたをこれ以上、誰にも傷つけさせはしません」

「ヴィー……」

「必ず護ってみせます。どんな脅威からもね」

　目を合わせながら指先にキスを落とされる。

　だが、ハリエットが心配なのはヴィンセントたちのことだった。もしも新聞屋の男が間違えて殺されたのだとして、『切り裂きジャック』の狙いがやはりハリエットの知り合いなのだとしたら。

——何事もなければ良いのだけれど……。

ちらと見れば、オーウェンはヴィンセントと視線を合わせていた。

「計画実行でいいんだな？」

「ええ。頼みます」

水車小屋の一件からこちら、彼らはずっとこうだ。人目を避けてひそひそと会話したりしているところを何度見かけたかしれない。

だが、ハリエットは彼らの隠し事をあえて暴こうとはしなかった。

(信じよう)

必ず正当な理由がある。それは他の誰のためでもなく自分のため、自分を護るためなのだと。後にどんな事実が明かされようときっと許せると。

ハリエットはチュールつきの帽子の位置を直すふりをして、ヴィンセントの涼やかな横顔を密かに見守った。

8、

ナヴァール駅の混雑はどこか整然としている。

ゴートレイルと違うのは、物乞いや呼び売りの子供たちが圧倒的に少ない点だ。もともと国王陛下の直轄地だっただけあり、この地は治安がすこぶるいい。

皆、国王の命には喜んで従う。

君主としての陛下の手腕は確かだ。

綺麗な手と、そうでない手を使い分けてこの国を掌握している。だから自分が取り立てられてここにいるわけだが。

ヴィンセント――セス・マスグレーヴ侯爵はひとつ吐息してステッキを列車の窓へ立てかける。すると高らかな汽笛の音が前方で響き、続いてゴトン、と足下から振動が体に伝わった。発車だ。

「ねえ、相席の方の姿が見えないけど、大丈夫かな」

窓の外の景色がなめらかに流れ始めると、ハリエットがヴィンセントの向かいの席で心配そうに言った。窓際から向かい合わせにヴィンセントとハリエット、そしてオーウェンとジェイムズが席をとったが、廊下側のふたつは空のままだ。

どう答えようかヴィンセントが言葉を選んでいると、左隣でオーウェンが口を開いた。

「乗り遅れたんじゃねえの？　乗車にはホームからコンパートメントに直接入れるってのに、まさか廊下で迷子にはならねえだろ。……ああ、いや」

言って、思いついたように立ち上がる。

「――迷子。やっぱりありうるかもな」

不自然な翻しかたにハリエットは眉をひそめた。

「どうしたの、いきなり」

「一応、探してきてやろうかと思ってさ。元市警の人間としては、人助けってやつ？」

それは白々しいがうまい言い訳だった。実はオーウェンには発車後、すぐに部屋を出してほしいことがある、と頼んであったのだ。

つい口の端を上げて笑えば、出て行きざまに軽く睨まれる。文句は『緊張感を持て』か、あるいは『ハリエットに不審がられるからやめろ』か。

気落ちした顔で嘆息するハリエットは、我々の目配せには気づいていない。

「もし空席だったら、ジュディに申し訳ないわ。座席があるなら連れて行けたのに」

「あなたが気に病むことではありませんよ」

「でも……」

実際、その席の乗客は来ない。この車両は往路同様、借り切ってあるのだ。

本当のことが言えなくて申し訳ありませんと心の中で詫びて、ヴィンセントは密かにまた少し口角を上げる。

——列車を降りるまでに片がつく。そのときは……彼女の孤独を終わらせる。

＊＊＊＊

三日前のあの晩、ハリエットを救出した後のことだ。

「……すまなかった。全部、俺の所為だな」

ハリエットを狙ったトレヴェリアン卿の侍従から話を聞き出した直後、オーウェンは低い、ため息まじりの声でヴィンセントに詫びた。

「いえ、そんなことは」

「大アリだろ。おまえから、父さんが息子の将来を守るためなら手段を選ばないと指摘されたときに気づくべきだったんだ」

卓上の紅茶が冷めてゆく。わかってはいたが、憔悴しきった友を想うと口をつけるのがためらわれる。

ランプをひとつ灯しただけの居間は、空気が重々しくこごっているようだ。

「もっと深く考えるべきだったんだよな。俺がハリエットのために、軍の士官を辞めて下街に住んでいる現状を……父さんが不本意に思っていることを」

そう言ってオーウェンは物憂げに息を吐く。

侍従の話によると、トレヴェリアン卿は未来ある愛息オーウェンを、ハリエットがたぶらかして下街へ連れて行った、と恨みに思っているらしい。

「思えば、行為がエスカレートしたのは、俺が自宅に戻らずに孤児院を一晩見守ったあとだった。ハリエットの部屋に泊まったと思われたんだろう」

確かに、ヴィンセントが知っている事件にのみ限って言えば、ハリエットが危険な目に遭うときは常にオーウェンの姿が側にあった。それでいて、本人には危険が及んでいない。あれはハリエットに対する、オーウェンに近づくなという実にわかりにくい忠告だったのだ。

「どうして俺に直接言ってくれなかったんだろうな、父さんは。社交界へ戻ってこい、階級の高い貴族の娘と結婚して裕福に暮らせ、ってさ」

「小言を言って、これ以上自分から遠ざかってもらいたくなかったのでしょう。ハリエットに直接的なことを言わなかったのもきっと、あなたへ告げ口されるのが怖かったからです」

　となると焼き印はおおかた、傷痕を恥じた彼女が交際を辞するようにするためだったのだろう。

　命を奪おうとしなかったのは……亡き人の面影を追って一生独身でいられたらそれこそ一大事だからに違いない。

「なあヴィンセント、以前言ってたよな。俺の父親に嵌められそうになったって。あれ、なんだったのかもう一度聞いてもいいか」

　オーウェンは思い出したように問う。思い出してほしくはなかった。

「……過去のことだと申し上げたはずです」

「教えてくれ。頼む。でなければ俺は、父を糾弾《きゅうだん》しきれない」

　体を起こし、膝の上に肘をついて祈るようなポーズになるオーウェンを見、ヴィンセントは迷った。まさしくそれが三年前、ハリエットと自分を引き離した原因だったからだ。

「辛いことを聞く羽目になるかもしれませんよ」

「構わない。話してくれ」

　話してしまって良いものか、すべてを知ったらこのお人好しが胸を痛めやしないか――いや、これ以上かたくなに口をつぐんでいるほうが後々彼を傷つけるのかもしれない。

「犯人に仕立て上げられそうになったのですよ。ランハイドロック一族、惨殺事件の」

ハリエットにも打ち明けた話だ――表面的に。

「なん……だって」

「あなたのお父様はあの日、たまたま近くを通りかかったらしく、宴の終わりを覗きにいらしたのです。そこで事件の犯人が死に、私ひとりが生き残った経緯を目撃なさった」

見られていたと知ったのは事件当夜、折り重なる遺体をかきわけて辛くも現場から抜け出したときだった。

――おまえのやったことなら知っている。

――告発されたくなくばランハイドロック家の財産と、婚約者ハリエット・ターナーを我が息子オーウェンに譲れ。

死刑宣告も同然の台詞だった。

「すまない、父が……勝手なことを」

「すでに過去の話ですよ。今はハリエットとも再会できましたし、もうどのような脅迫を受けようと撥ね除けられるだけの権力を持っていますから」

そのための受爵だ。ハリエットを二度と失わずにいられるよう、トレヴェリアン卿よりずっと高い地位を手に入れた。立場が確固たるものになったからこそ、彼女を迎えに行ったのだ。

「必ず償いはさせる。俺が、俺の責任で、父を」

「オーウェン？」

「……いや、なんでもない。しかし、一族殺しの犯人が死んだっていうのはどういうことだ。ヴィンセントは犯人を見たのか？」

思い詰めた顔を振ってごまかし、事態が呑み込めない表情でオーウェンは問う。ため息ひとつ、腹をくくってヴィンセントは答える。

「ハリエットには明かさない、と約束してくださいますね」

「ああ。散々迷惑をかけたあとだ。おまえの頼みはなんでも聞く」

こちらをじっと見つめる碧眼は幼い頃と同様に曇りがない。

「一族を殺したのは、私の五人の兄です。計画的犯行でした。そしてその罪をなすりつけるため、彼らは私ひとりを殺さずに生かしておいた。事件の一週間前から、逃げられないように地下に幽閉しておいてね」

だからハリエットの父の葬儀にも駆けつけられなかったのだ。パーティーの日も、拘束されたまま別室に押し込まれていた。

「うそだろ……兄弟じゃねぇか。血の繋がった、本当の。なのになんで」

オーウェンの声は震え、友のために憤っている。

「私がターナー家の爵位を手に入れて、幸せになろうとしていることが気に入らなかったのでしょう」

「ハリエットとの結婚を阻止したかったってことか」

「それだけではありません。兄たちは、常に五つ子のうちの誰かだった。名前を正確に呼ばれることもほとんどなかった。姿があるのにないも同然です。そのうえ、ランハイドロック本家の財産を継げるのは長男だけ……」

「親戚が持つ領地を狙ったんだな？」

「領主の座と、それから分家の紋章も、かもしれません。ナヴァール卿の双頭の獅子のように、身につけているだけで見分けてもらえるなにかを」

欲していたのだろう。彼らは。

そして、たったひとり誰からも見分けてもらえるうえに、ターナー卿の家督を継げる弟を貶めようとした。

「皮肉なものですね。お父上は愛するあなたを初恋の相手と夫婦にしてやりたくて、私から彼女を取り上げようとした。しかし私は逃げ出し、彼女は私を追って下街へ向かい、あなたまで手元から去ったのですから」

そして、手に入れたかったはずのハリエットが邪魔になった。脅していたヴィンセントの存在もどうでもよくなった。おかげで、事件は表沙汰にはならなかったわけだが。

皮肉というより因果応報というのかもしれない。

すまなかった、とオーウェンは立ち上がって頭を下げる。

「あなたが謝ることではありません」

「……許してくれ。俺が恋をしなければ、ふたりは三年間も寂しい思いをせずに済んだ」

「考えすぎです。オーウェン、頭を上げてください」

あの子に恋をせずにはいられない気持ちは痛いほどわかる。歩み寄って筋肉質な右肩に右手を置くと、はっきりわかるほど震えていた。

「俺が……もっと早くに諦めていたら、ハリエットは今頃、幸せに笑って……っ」

オーウェンは嗚咽を押し殺して罪なき罪を懺悔する。床の絨毯にぱたぱたと水滴が散ったが、見ないふりをしてその肩を強く握った。

ハリエットを取り上げようとした者の息子として憎もうとしたこともあった。けれども憎みきれなかったのは、三年もの月日がありながら、恋した人を歯がゆく見守るばかりでいた不器用さを昔からよく知っていたからだ。

「一連の責任は父に必ずとらせる。……だからハリエットを幸せにしてくれ。頼む、ヴィンセント」

「お約束します。あなたの分も、必ず」

頷きながら、今、オーウェンを放置してはならないとヴィンセントは密かに思う。

優しい彼は、いらぬ責任を感じてきっと父親と真正面からぶつかる。穏やかな話し合いでは終わらないだろう。するとこれまでの成り行きからして、愛息に詰め寄られたトレヴェリアン卿の怒りの矛先は間違いなくハリエットへ向かう。

どう動くのが最善か、考えつつ窓の外を横目で見れば、霧に滲んだおぼろな月がこちらを静かに照らしていた。

（先に『切り裂きジャック』を排除するか……）

犯人の目星はすでについている。ハリエットを怯えさせた罪を――国の平和を乱した罪を、いつ裁いてやろうかと想像しながら泳がせているところだ。

「オーウェン、一芝居打ってもらえませんか。他ならぬ、ハリエットのために」

「一芝居？」

「『切り裂きジャック』の犯人をおびき出すのですよ。手伝ってもらえますね？」

三年間どうやって暮らしてきたのか、いかなる取引の上にこの身分があるのか。

思い知るがいい。

＊＊＊＊

コンパートメントにオーウェンが戻ってきたのは十五分後だ。

残念ながら迷子の同席者らしき人物はいなかった、とハリエットに下手な嘘を告げなががら、体の陰で紙切れを差し出してくる。

『やはり三等車両に乗っていた。指定の場所に車掌に呼び出しを頼んだ』

記してあったのはそれだけだが、予定通りだった。あとは、ハリエットがこの部屋から出ないように足止めするのがオーウェンの大切な仕事だ。

ヴィンセントは静かに立ち上がると、どこへ行くのかと尋ねられる前に、最愛の人の耳元に囁き落とす——ひとまずの偽りを。

「……ふたりきりになれそうな場所を探してきます」

不安そうな表情は、ぱっと朱を掃いたようになった。

その顔を微笑ましく見ながら、コンパートメントを後にする。

向かうのは後続車のデッキだ。車両と車両の連結部にある、外に面した狭い空間。

スライド式の扉に穿たれた窓を覗き込めば、呼び出した人物はすでにそこにいた。扉を開けるとごうごうという走行音が激しくなり、目が合った途端、当たり前のように頭を下げられる。

「ヴィンセント様」

「置いてきたはずのあなたがどうしてここにいらっしゃるのでしょうね」

ジュディ。

ハリエットにプロポーズした直後、幼い彼女の身辺を護らせるためにターナー家に送り込んだメイドだ。

　もともとはランハイドロック家にて、ヴィンセントに五年ほど仕えていた。

「申し訳ございません。どうしてもあなた様のお手伝いがいたしたく参りました」

「我々には一言も告げずに？」

「……それは」

　風にはためく黒いワンピースを革の鞄で押さえつつ、赤毛の女はたじろぐ。

　彼女の背景ではナヴァールの牧歌的な眺望が緩やかに流れていく。

「ハリエットがあなたに仕事を頼んでいたようでしたが、メイドが主の頼み事を無視ですか？」

「いいえ、そんなことは……用事を終えましたら早めに戻り、ハリエット様がご帰宅なさるまでには準備を整えておくつもりです」

「へえ、私の手伝いがしたくて来たと言いながら、用事、とはまた若干の含みがありますね」

　微笑んで問うたのに、ジュディは返答をせず、ぎこちなく足下の格子へ視線を落とす。

「違うでしょう。私の手伝いよりもっと、重要なことをしに行くのでしょう？」

　笑顔で尋ねながら、距離を一歩詰めた。

「身に覚えのない、予期せぬ事件の真相を確かめるつもりなのでしょう」

彼女のかかとは車両の進行方向、右側面の柵に行き当たって止まる。

そこで苦しい笑顔を浮かべられたから、その細い体の左右に手を伸ばして柵を摑み、退路を奪った。

もしも相手がハリエットなら唇を奪って愛を囁くところだが――。

「小手先のごまかしが通用すると思うな」

低く発したのはジャックだ。

「『切り裂きジャック』はおまえだろう、ジュディ」

斜め上から見下ろすと、狼狽しきった顔がそこにあった。


ジュディを側に置き始めたのは、人格が三つに分裂した直後だ。

最初に会ったのがジャックだったせいか、彼女はとりわけ、ジャックの狂気を尊崇し慕っているようだった。

「わ、私はジャック様の代わりにハリエット様をずっとお護りしてきました……！」

革の鞄を足下へ放り出し、ジュディはやや甲高い声で訴える。

「ひとり目はハリエット様に汚らわしい道を勧めた娼婦の女、ふたり目は隙あらば襲おうとしていた男、三人目も四人目も親切なふりをしていやらしい目でハリエット様を見ていた輩です。全員がジャック様にとって邪魔な人間だったはず」

「殺せと命じたことはない」

「それに……それにっ、彼らは『6』だった。6つのパイを持ってきた。6軒先に住んでいた。6番目の客だった。あなた様が忌避する数字を持っていたから、っだから……！」

「そんな些細な理由で……」

「数字が些細だなんて！　ではなぜ、あなたはそんなふうにならねばならなかったのです。すべて数字のせいではないですか、数字が災いを招いたのではないですかっ……」

彼女の目は不安定に泳いで、唇はぶるぶると震えている。

原因はジャックに見捨てられる恐怖か、己の理屈が破綻していく恐怖か。

「だから殺したというのか。ならばおまえは、三つの6を持つ俺を三度殺すのか」

シャツをはだけて、左胸に残る焼き印の痕を目の前に晒してやる。

最初にジュディへの疑いを抱いたのは、ハリエットが『切り裂きジャック』への恐怖を訴えたときだ。彼女の身の危険を自分が知らないのはおかしい。

思えばジュディからの手紙には、その他の彼女の身の回りの出来事は詳細に記してあるのに、事件についての記述はまったくなかった。

たとえ事件への恐怖をハリエットがひた隠しにしていたとして、被害者が全員彼女の顔見知りであることを、共に生活しているジュディが知らないわけはない。となれば、自分に報告があって然るべきなのだ。

にもかかわらず事実が伏せられていたのは、つまりジュディがそれを危険ではないと判断していたから――彼女に危害が及ばないとわかっていたからに他ならない。

「じ、ジャック様は護れとおっしゃったではないですか。下街へ出た直後、自分に代わってハリエット様をお護りせよと……オーウェン様以外の邪魔者を排除せよと……嬉しかった。主に代わって役割を果たせるなんて光栄でした。昔はどれだけお願いしても、お兄様たちの折檻の身代わりを許してはくださらなかったから」

ジュディは言う。崇拝するものに祈りを捧げるかのように両手の指を胸の前で組み合わせて。

「当たり前だ。そんなことは望んでいない」

誰かが痛みを代わって引き受けてくれたところで、兄たちの恨みが消えるわけでないことは、セスの例でわかっていた。

「ですから、今度こそ成り代わりたかったのです。ジャック様と同じものを憎み、ジャック様のお姿で、ジャック様と同じ残虐さを身につけて……なぜならあなた様は三年前、少しでも結婚の障害となる人間をご家族もろとも滅ぼされた方」

「あの事件の犯人は俺じゃない」

「なにを……まさか……そんな」

「信じないのか？　主の言い分を」

詰め寄ると、ジュディは足下の鞄を車外に蹴り落とそうとする仕草を見せた。

取り上げて開いてみれば、そこにはヴィンセントの銀髪を模したウィッグと、凶器となったジャックナイフが無防備におさめられている。

「俺の姿を真似て、俺になったつもりで？　それで」

三年前の事件の手口を模したのが、切り裂きジャックだったというのか。

「思い込んだら他のものが見えなくなる、おまえのその性格を危惧してはいた」

ハリエットに迷惑をかけやしないかと。

だが、思い込みの激しさゆえに、忠実さも群を抜いていたから任せたのだ。

「市庁舎の前での、劇的な再会を演出してくれたことには礼を言う。だが、彼女を怯えさせた罪は無視できない。俺は護れと言ったんだ。どんな脅威からも、恐怖からもな」

「ですがっ……まさかハリエット様が怖がっていらっしゃるだなんて」

「知らなかった、は時に故意の罪より重い」

愚かな女の顎を押さえ、青ざめた顔を上向かせる。

そこでジャックから交代して表に出たのは国王陛下から爵位を賜ったセスだった。

「ふふ。きみには、国家警察への供物になってもらうよ」

「こ、っかけいさつ……？」

「確かに僕の手は綺麗じゃない。逃亡のさなか、トレヴェリアン卿を失脚させるための情報を集めるには、裏社会にもかかわらなければならなかったからね。でも」

手の位置を滑らせていって、無邪気な笑顔で喉首をゆるりと摑む。

「僕が『寛容なる』侯爵と呼ばれている理由を知ってる？　自ら手を下さないからだよ」

直接、自らの判断で人を殺めはしない。国家に仇なす犯罪者を飼い殺すか、死をもって贖わせるか、決めるのは国家警察だ。

「ただ、懐いたふりをして自分に有用な情報を搾り取ってから、雁首《がんくび》揃えて国家警察に差し出すだけ。社会的に逸脱した者たちをね」

罪人として収監された監獄内が始まりだった。ヴィンセントは囚人たちへのスパイ行為をし、捜査に使えそうな情報を手に入れては警察側へ渡していた。

その積み重ねが功を奏し、出獄が許されたのは一年前。かりそめの自由の間にも裏社会の片隅でつぎつぎに犯罪者を確保していき、やがて件の受爵となったのだ。

国王にとっては、罪人をも欺く厄介な切れ者に首輪をつけたことになる。対するヴィンセントはつまり足に枷をはめられたも同然だったが、ハリエットを護れるだけの権力が手に入れられれば成功だった。

「この綺麗な顔と、僕ら三人の人格を使い分ければ難しいことはなかったよ。人心を掌握するのは、もともとヴィーが得意だったし」

セスは満面の笑みで、きみにはお礼を言わなくちゃ、と愉快そうに告げる。

「世間を震撼させた『切り裂きジャック』であるきみを差し出せば、僕の地位はさらに確実なものになるだろうね」

そこで、ヴィンセントが表に交代すると柔らかい声で言った。

――逃げ出そうとしても無駄ですよ。

この列車は私たち以外、全員が国家警察の者なのです。あなたの座席の周囲もね。

仕込みに少々時間がかかりましたが、先日のようにハリエットに銃口を向けられるような下手は打ちません。

二度とね。

そう囁かれると、ジュディは放心した様子でデッキにへたりこんだ。生気をいっぺんに失ったような顔だった。

当初はこれで収めるつもりだった。理由はどうあれジュディがハリエットに恐怖を与えていたのは事実で、決して許せることではない。だが……。

虚ろな目をした彼女を見下ろし、ヴィンセントはひとつ息を吐き、言う。

「……適切に裁かれなさい、と言いたいところですが」

ジュディはハリエットの支えであり親友だ。それは今朝のふたりのやりとりからも明らかだ。もしもジュディがただ突然消えてしまったとしたら、ハリエットは傷つくどころかますます誰も信じられなくなる。

ハリエットのために自分がしてやれる最大の貢献、それは――。

「極刑は免れられるように私から国家警察へ進言しておきます」

ゆるりと顔を上げたジュディは、縋るようにヴィンセントを仰ぐ。

「……ジャック様」

「もしも今回の罪を悔い、また私に献身する気があるのなら、自らの知恵を絞って自由をかけあいなさい。首輪をつけて飼うに足る稀代《きだい》の犯罪者だと思わせなさい。無事に監獄を出られたときは、再びメイドとして側に置きましょう」

「ほ、本当ですか」

「ええ。そのときこそ、私ではなくハリエットのために心を尽くしなさい。命をかけて仕えなさい。いいですね」

「はい……っ、誓います、必ず！」

善悪の基準が狂ったってかまわない。ハリエット、あなたが信じた者を失わない、幸せな環境を守り抜こう。私にとっての世界の中心はあなたなのだから。

ヴィンセントは静かに目を細め、一等車両へと踵を返した。

後には忠誠を新たにした、けものが残される。

＊＊＊＊

同じ頃、座席に残されたハリエットは斜め前のオーウェンを少々気まずい心持ちで見つめていた。ここ数日、ヴィンセントがいなくなると同様の沈黙が降りてくる。

助け舟を出してほしいのに、頼みのジェイムズも黙ったまま窓の外を見ている。

――私、なにかした？

気に障ることでも言ってしまったのだろうか。

すると廊下の扉が開いて、ヴィンセントが手招きをした。

「ハリエット、おいで」

どきっとして返答に困ってしまう。ふたりきりになれる場所を探し当てたのかもしれない、と思ったから。

オーウェンもいるのに、そんなに大胆に誘わなくても。

遠慮して動けずにいると、他ならぬオーウェンに右腕を引いて急かされる。

「行ってこいよ。いい景色が見られるかもしれないぜ」

「え……」

「いいからほら、行けって」

見れば淋しげな彼と目が合って、切ない気持ちが込み上げる。諦めようとしている顔だと、わからないわけがなかった。

　昔、婚約発表をしたときもこうだったのだ。直前まで対抗していた態度が嘘のように祝福してくれ、素直にハリエットの幸せを願ってくれた。

「君のことならもう諦めている。俺に遠慮はするな」

「……オーウェン」

「言っただろ、俺は君を幸せにしたくて好きになったんだって。誰よりも幸せになってもらわないと困るんだ。幸せになることを、ためらうなよ」

　こんなふうに背中を押されて、心が動かないわけがなかった。

（幸せになることを、ためらう……）

ためらっているつもりはない。けれどそのようにオーウェンの目には映っていたのかもしれない。ナヴァールに滞在している間、ずっと。

　早く答えを出さないと、ヴィンセントだけでなくオーウェンまで傷つけていることになる。このままでは駄目だ。

　神妙な気持ちで隣のコンパートメントへ移動すると、満員のはずのそこは全席が空席で、座席の上に紙箱が積み上げてあった。四角に円形、形が様々なら色彩も豊かなそれらは、崩れないようにリボンでいくつかにくくられている。

「これ……」

「あなたにですよ」

「私に？」

恐る恐る、リボンを解いて蓋を開けたところでハリエットは瞠目した。

——ウェディングドレス……！

収められていたのは、レースやビーズがふんだんにあしらわれた純白のドレスだった。別の箱にはヴェール、手袋、そしてブーケにアクセサリーまで、結婚式に必要なもの一式が揃えられている。

「どうして」

「お気に召しませんでしたか」

「ううん！　すっごく素敵。これ、私が一番気になってたドレス……」

どれもがハリエットの憧れた、可愛らしくも清楚なデザインのものだ。

「嬉しいの。本当に嬉しいのよ、でも」

「……子供たちが不安な思いをしているときに不謹慎、とお思いですか？」

ハリエットが視線を泳がせると、ヴィンセントはコンパーメントの中央に立つハリエットの左手をとり、その場に膝をついて服従するように深々と頭を下げた。

「懺悔します。私はあなたに大きな嘘をつきました」

「嘘？」

「先日『切り裂きジャック』が出没し、新聞屋の男が被害に遭って亡くなられたと申し上げたことです」

「……え」

「すべて嘘なのです。新たな被害者は出ていませんし、子供たちも皆、元気ですよ。今頃、屋敷であなたの到着を待ちわびているはずです」

信じられなかった。泳ぐ視線の先では、カーブを切って走行する列車に合わせ、紙箱たちが不安定に揺れている。

「で、でも、オーウェンが」

訃報《ふほう》を知らせてくれたのはオーウェンだった。だからヴィンセントの嘘であるはずがない。なのに彼は顔を上げて、当たり前のように微笑む。

「一芝居うってもらいました。彼も、なにもかもを知っていますよ」

「うそ」

「事実です。三日前に打ち明けて、一枚かんでもらったのです。最近私たちがコソコソと陰で話していること、あなたも気づいていらしたでしょう」

もちろん気づいてはいたけれど。

「『切り裂きジャック』をおびき出すためとはいえ、不安な思いをさせましたね」

「おびき出すため？」

「はい。近いうちに逮捕のニュースが新聞を賑わせるでしょう」

「そんな、あっさりと……市警が血眼《ちまなこ》になっても見つけられなかった犯人なのよ」

「市警では無理でも、国王直属の国家警察ならどうでしょう」

「え？」

「国家警察の顧問である私が、捕まる、と言ったら犯罪者は必ず捕まります。そのように国王陛下からも命じられていますから、しくじりはしませんよ」

確信に満ちた声色に、ハリエットは鳥肌の立つ思いがする。やけに忙しくしていたのは、犯罪者を捕まえるため……それが国王の右腕『寛容なる』侯爵の役割。

軽々しく打ち明けてもらえなくて当然だ。

「じゃあ、あの、これからタウンハウスへ帰るのは、どうして」

不思議になって問うと、彼は誰よりも綺麗に優しく笑ってハリエットの左手をとる。

そして、薬指に口づけながらじっと見つめてくる。

——まさか。

意味深な笑顔にピンとこないわけがなかった。

なぜなら今、目の前に準備されているのは純白のドレスとヴェールなのだ。

「あなた好みの教会を借りました。例の、ステンドグラスが綺麗な教会です」

震える唇を右手の指先で押さえると、視界が涙に浸食されてぼやけてしまう。

「ほ……んとうに？」

「ええ。明日、挙式しましょう」

「明日……」

「あなたがその一歩を怖がるのなら、私から参ります。受け入れられないというのなら、受け入れたいと思えるだけの誠意をお見せします。一生をかけて、二度と消えたりはしないことを証明してみせます。それではいけませんか」

力強い言葉に、不安など覚える隙はない。

ナヴァールから続くレールの先に、こんな未来が待ち受けているとは思わなかった。

新たな被害者はなく、子供たちも元気で、そして自分を待っているのは結婚式――。

「……っ、あなたは隠し事がうますぎるわ、ヴィー！」

大きな胸に飛び込んで、幼い頃よりずっとたくましくなった首にしがみつく。きっちりと閉じた襟元はそれでも確かに温かくて、幸福としか言いようがなかった。その瞬間、覚悟は決まったと思った。

彼と生きていくために、自分がすべき最大の覚悟が。

「答えを聞かせていただけますか」

乞われて、ハリエットは銀の髪をかきわけるようにして彼の額に唇を押し当てる。ヴィンセントの目を間近で見つめて、視線にありったけの気持ちを込める。

そして決意をきっぱりと告げた。

「……イエスよ」

自分も彼のためになにかをしたかった。そのなにかを今、やっと見つけた。

「私、ジャックとセスを含めたあなたを受け入れるわ。三人分、あなたを愛せるように努力する」

高潔な彼をただ信じるわけじゃない。

ヴィンセントはまた自分のために、陰で献身しようとするだろう。時には闇に身を落としてまでハリエットを護ろうとするだろう。

ハリエットにはきっと止められない。

ならば彼に降りかかる闇を払い落とせるように、自分が彼の光になろう。

「……よろしいんですね」

遠慮がちの問いに、ハリエットは大きくかぶりを振って答える。

「ジャックとセスはヴィーにとっての守護聖人でしょ。私も大切にしなきゃ」

言うと、緑青色の瞳は大きく揺らめいた。プロポーズの日、湖に広がっていた波紋の美しさに似ている。見惚れていると、泣き出しそうな顔で抱き寄せられる。

「あの日と同じ言葉で救ってくださるんですね……」

背中と後頭部に手を当てられ、右の肩口にぎゅうっと顔を押し付けられる。

彼の腕は震えていた。

いつかと同じように。

「ハリエット、恋した人があなたで良かった」

広い背に腕をまわして抱き締め返し、ハリエットは言葉にしきれない感情まで伝わってほしいと願わずにはいられなかった。

「私こそ、あなたに巡り会えて良かった。三人全員を幸せにできるよう頑張るわ」

どれだけ深い場所へ彼らが堕ちていこうと、戻る道を照らしていよう。

すると生温かい感触はゆっくりと頬を伝い、口元までやってきて、音もなく下唇をついばむ。何度も、何度も、時折唇の周囲まで欲張るように。

「私はすでに幸せですよ、この世の誰よりも」

舌を絡めて味を確かめられたら、漏れる吐息にさえ甘さを感じた。

ヴィーのキスは丁寧で、よそに神経を向ける隙がないところが見事だ。

「……ヴィー、あのね」

線の細い愛しい輪郭を、両手で包み込んでハリエットは言う。

「はい」

「妻になったら、もっと私を頼ってね。頼りないかもしれないけど、美味しいフレンチトーストを焼くことくらいはできるわ」

すると、たまらないとでも言いたげな表情で手を退かされて、またもや深いキスで唇を覆われてしまった。

伏せた瞼を飾る、銀色の長いまつげが綺麗だった。

＊＊＊＊

太陽が赤さを増し始めた夕刻、到着したゴートレイルの駅で待っていたのは院の子供たちと院長だった。全員が笑顔で、色とりどりの花を一輪ずつ渡してくれる。

「ハリエットおねえちゃん、けっこんおめでとうっ」

「ありがとう、みんな。院長もお元気そうでよかった……！」

元気な彼らを見て安堵のあまり涙しそうになるいっぽうで、疑問に首を傾げてしまう。

「でもこのお花、どうしたの？」

街中で咲いているものではないのに。

すると少年トミーが院長の横から照れ臭そうに一歩前へ出て、告げる。

「セス兄ちゃんから結婚するって電話をもらって、みんなで郊外へ摘みに行ったんだ」

「わざわざ私のために……？」

「ハリエットには、みんな良くしてもらったからな」

ぶっきらぼうに言った彼は、そばかすだらけの鼻をこすりながら、斜めによそを向く。

「でっ、でも、手放しでお祝いしてるわけじゃないからな。ハリエットは怒ると怖いしガサツだし、紳士的なセス兄ちゃんがすぐ愛想を尽かすかもしれないし」

「結婚式前日に縁起《えんぎ》でもないことを言わないの」

それに、彼にはすでに幼い頃から性格を知られているから大丈夫……だと思いたい。するとヴィンセントが後ろからやって来て、少年の前にしゃがみ込み、対等の目線で言う。

「私がハリエットに愛想を尽かすことなどありえません。皆の大切なお姉さま、私に任せていただけますか？」

真摯な申し出に、トミーは決まり悪い様子で唇を突き出して答える。

「兄ちゃんならいいよ。兄ちゃん以上の人、ハリエット姉ちゃんには見つけられそうにねえもん」

「ちょ、もうっ、トミー！」

少々声を荒げたものの、ふたりが固い握手を交わし始めたから、ハリエットは涙をこらえきれなくなってしまった。トミーにお姉さん扱いをしてもらったのは初めてだ。これまでどんなに叱っても生意気な態度ばかりしていたのに。

目尻の涙を拭って院長と微笑みあうと、ヴィンセントが立ち上がって振り返る。

「ハリエット、その花は明日のブーケにしませんか。きっと素敵な思い出になります」

「うん、そうする！　最高のブーケになるわ」

けれど、結婚式をするならやはりジュディも一緒に来てほしかった……というのは贅沢な注文なのだろう。

みずみずしい花に顔を埋めて匂いを吸い込むと、人混みの向こうからやってくる黒いワンピース姿の人物が目に留まった。

一瞬、見間違いではないかと思ってまばたきをしてしまう。

「……ジュディ……！」

ナヴァールの屋敷に置いてきたはずの彼女は、なぜだか硬い表情でこちらへ歩み寄ってくる。どうしてここにいるのだろう。

もしやヴィンセントが内緒で……。

「これで準備は万端ですね？」

そう言った彼の口元に浮かぶ闇の気配に、ついに涙をこぼしたハリエットは気づかない。

一見して普通の利用客に見えるホームの人々が、彼の要請により一寸の隙もなく自分を護っていることにも。

霧は珍しく晴れているのに、目の前の現実は霧の中。

もしも真実を知っていたとして、ハリエットは一向にかまわなかったのだけれど。

「大好きよ、ヴィンセント」

私の旦那さま。

9、

晴天のもと、三年越しでとり行われた結婚式は祝福に満ちていた。

こぢんまりとした教会内を飾るのは、ステンドグラスを透過した色とりどりの光だ。

「私は汝、ハリエット・ターナーを妻とし、いかなるときも彼女を支え、生涯の伴侶として愛し続けることを誓います」

誓いの言葉を述べるヴィンセントの横顔は凛々しい。真っ白なフロックコートと、糊のきいたシャツがほれぼれするほど似合う。おかげでヴェールの内側から見惚れてしまって、ハリエットはうっかり誓いの言葉を間違えそうになった。

「本当におめでとう、ハリエット」

「ジュディ！」

式を終えて教会を出ると、真っ先にライスシャワーの中でジュディと抱き合う。

「綺麗よ。結い上げた髪も、真珠のアクセサリーもよく似合ってる」

「ありがとう。三年間、挫《くじ》けずにいられたのはあなたのおかげよ。このブーケ、ジュディにもらってほしかったけど……手荷物になるわね」

「ええ、ごめんなさい。式を見届けたら、すぐに発つの」

「お母さまの具合、いかが？」

「大丈夫。倒れただけで、すぐにどうこうなるわけじゃないから」

申し訳なさそうに眉尻を下げる親友は、その言葉通り午後の列車で隣国へ向かう予定になっている。母親が倒れたため、無期限の暇を申し入れられたのだとヴィンセントからは聞いていた。

「淋しいけど、また逢える日を楽しみにしてるから。地元に着いたら連絡してね。絶対よ」

「……もちろんよ」

催促に答えた声はやはり硬い。不自然に感じつつも、母親が心配なのだろうと思い直し、ハリエットは清楚なドレスを翻して教会の入り口の階段を下る。

「よう。おめでとう、ご両人」

次にハグをしてくれたのはオーウェンだ。黒の礼装に、撫で付けた金の髪がよく似合う。

「やっぱりハリエットは可愛いな。綺麗なのに可愛いってすげえよ」

「童顔ってこと？」

「いや、抱き締めたくなるってこと」

ぎゅっ、と腕に力を込められて焦ってしまう。今朝までは遠慮がちだったのに、突然どうしたのだろう。

するとふいに、右手にひやりとしたものを握らされてハリエットは目を丸くする。

「これ……」

見れば手の中には例の、祖母の形見だという指輪があった。エメラルドがあしらわれた金の指輪だ。

「考えたんだが、どうしても君にもらってほしい。といってもプロポーズじゃない。初恋の記念だ」

「初恋の記念？」

「そう。君を愛した男がもうひとりいたことを、覚えていてほしい」

ハリエットは返答に少々迷ったが、それでオーウェンの気が済むなら、と頷く。

「ありがとう。忘れない」

微笑むと、眉をひそめた切なげな表情で再び強く抱き締められる。

「……君が好きだった。この世の誰よりも」

別れを惜しむような抱擁を、拒否する術はない。

（ごめんなさい、オーウェン）

優しい彼になにかが欠けていたわけではない。この目にヴィンセントしか映らなかっただけだ。オーウェンにならきっとこの先、他にふさわしい女性が現れると思う。

抱き返すこともできず、じっと腕が解かれるのを待っていると、花婿が動いた。

「失礼」

涼しげな笑顔を浮かべ、邪魔者の右足を踏みつける。

「痛ってぇ！　なにしやがるんだ、この腹黒卿がっ」

「腹黒？　いいえ、今日の私はこのとおり、全身真っ白ですよ」

「白い服で黒い腹を隠してるだけだろうが。どこが『寛容なる』侯爵だよ」

「足一本で許してさしあげたのですから、すこぶる寛容かと存じますが」

相変わらずのふたりだ。肩をすくめて笑ってしまう。

もしもこの場所に父がいてくれたら、どんな顔をしただろう。今の自分がどれだけ幸せか、伝える手段があればいいのに。

こうして皆のもとを離れると、夫になった彼から右耳に囁き落とされた。

「もう二度と離れませんよ。私たちは三人で永遠にあなたを愛します」

絡めとるような響きだった。

「三は永遠の数字。幼い頃、そう決めましたよね……？」

＊＊＊＊

いつも冷静なはずのヴィンセントは、教会の外で馬車へ乗り込んだ途端に耐えきれない様子で覆い被さってくる。

「……ハリエット」

「え、……ん、っ」

背もたれに押し付けられる格好で受けたキスは、最初から深い侵入をともなう。角度を変えられると、湿った息が唇の隙間からこぼれていった。

思わず腰を引いたが、背中にまわされた手がドレスのボタンを残らず外してしまう。

「ヴィー、だめ、こんなところじゃ……三十分もすればお屋敷に着くから、ベッドで」

「もう一秒だって待てそうにありません」

ハリエットの胸をはだけさせて、ヴィンセントはいつになく焦れた表情をする。

「あなたを初めて恋しいと思った日から、十四年です。やっとだ。やっと妻に迎えられた。今すぐに触れたい。でなければ狂ってしまう」

「ど……ドレスがもしも汚れたら、……」

「そんなもの、いつでも新調してさしあげますから」

「そういう問題じゃ、……ぁ、っ」

ぴちゃ、と音を立ててヴィンセントはハリエットの胸の谷間を舐め始める。小山を寄せて舌を挟ませ、ゆったりと引き抜かれると、下腹部に覚えのある熱が湧き起こる。

「や……っ」

舌は次に膨らみの下部へ行き、そこから先端へ向かって舐め上げた。

彼の愛撫は毎回こうだ。余すところがないくらい丁寧に、陶器の絵付けでもするかのように繊細に、すみずみまで優しく稜線をなぞる。

「どう……して、いつも、そんなふうにする、の」

「あなたの悦さそうな声は、特別に可愛いからですよ」

周囲を感じさせられ、桃色の先端はツンと上を向いて尖り始めていた。彼はそれを見逃さず、親指で柔らかい房の中へと押し込んでくる。

「あ、っん……だって……」

「好きでしょう？　舐められるのも、しゃぶりつかれるのも」

そんなこと。

左手の指先を噛みながら首を左右に振ったが、体の芯は確かに疼き始めていた。

「私は好きですよ。甘い香りのこの膨らみが。いつからこれほど、握りきれない大きさにまで成長していたのか……」

すかさずドロワーズを引き抜かれた。

「どうして？　恥じることではないのに」

両胸の下部を舐め尽くした舌が、チュクリと右の先端を吸う。悶えて腰を浮かせたら、すかさずドロワーズを引き抜かれた。

「……濡れていますね。まだ、胸を下半分しか味わっていないのに」

そう言った彼の指先は秘所の上でとろとろと滑る。

まさかここまでになってしまっているなんて。恥ずかしさのあまり顔を背けたハリエットを見て、ヴィンセントは喜ばしそうに口角を上げる。

「ひとつ、良いことを教えてさしあげましょう。私たち三人は、表に出ていないときでも傍からその行動を見守っていることがあります」

「んぅ……っふ、ど、いうこと……？」

「あなたが私に抱かれている様子を、今、セスとジャックは見ています。私の中からね」

「え、ッヤぁっ、うそ、だめ」

向かいの席に傍観者の存在を想像したら、自然と体が横に逃げていた。

（セスとジャックが、今の私を）

見られたくない。モラル云々の問題ではなく、ただ単に恥ずかしい。

「どうしてだめなんです？　こんなに綺麗なのに、見せてくださらないのですか」

すると座席に余裕ができたのをいいことに、彼は脚衣を解いて屹立を露わにする。

いや、と訴えたけれど蜜口は簡単に探り当てられ、すんなりと先端を受け入れさせられてしまった。

「ぁあ、ぅっ、あ、あ、ヴィー、ァっ……い、や」

しっかりした重みが、体の内側を満たしていく。押し込まれた分だけ、溜まっていた蜜が溢れてドレスを濡らしていくのが自分でもわかる。

「半分以上は自ら引き摺り込んでおいて、いや、はないでしょう」

「だ、めなのぉ……っ、見ないで、セス、ジャック……！」

恥ずかしい。同じ体とはいえ、別の男に翻弄されて乱れる姿を見られるなんて。

「そんなに焦らずとも、見せつけてやればいいのです」

蜂蜜の壺をかき混ぜるようにして中のものを動かされると、酔いに似た快感が体を支配していった。

「どうして、そんなっ……や……ぅ」

「三人全員と結婚する、というのはそういうことです。私に抱かれながら、その痴態を私に見せつける……すべて私の掌の上で、あなたはひたすら愛される……」

陶然とした声で言ったヴィンセントは、人形を抱くようにハリエットを抱き上げる。そうして膝の上に跨がらせ、下から強引に奥の壁をこすり始める。

「ッは……ぁ、あ、やめ、いい、っ……深い、ぃ」

「へえ。奥を突くと、周囲が欲しがるように私を吸いますね……」

「ん、ぅう、ャあっ、……ッ今日のヴィー、い、じわる、……ァ」

かといってまるきり嫌なわけでもなく、恥ずかしいながらもハリエットは彼の首に抱きついた。揺さぶられると、執拗に苛められている行き止まりの壁が、確かに最初よりずっと敏感に反応している。

「でも、悦いのでしょう」

「……ん、うん……」

「ならばこのまま、達するさまを見せてください、……ッ」

絶えず腰を揺らしていたヴィンセントの息が上がり始める。はぁっ、と熱っぽい息を吐いて、左胸にむしゃぶりついてくる。

「あァ……ぁっ、あ、ヴィー、すき……好きっ」

あまりに恋しくて、内側を大きくかき混ぜられつつ、つむじにキスを落とした。

この人が好きだ。乱されるのも、見られているのも、彼ならばいい。

「愛しています……ハリ、エット」

ちゅっ、ちゅ、ちゅ、と胸の先端を吸う唇から小刻みな音が響く。馬車が揺れているのは石畳のせいだけではないことに、御者は気づいているだろうか。

「はぁっ、は……ぅ、んんっ、いい、のぉっ……ヴィーが触れているところ、ぜんぶ」

「ここも？」

ふいに接続部のわずかに上、割れ目の間に指が割り込んでくる。ひたひたに濡れたその場所を、開いて粒に触れられて飛び上がってしまう。

「ひうっ、ャ、あ、あ、あ」

「こんなに腫らせて……」

クリクリと粒を転がす指先が火のように熱い。いや、熱を持っているのは熟れきった粒のほうかもしれない。転がされれば転がされるほど、熱さが増してゆく。

「やぁ……ッん、あ、ぁんっ……んやめ、腰が、勝手に、動いちゃ……っ」

揺らしている自覚はないのに、腰が揺れて彼のものを内壁で擦ってしまうのが恥ずかしかった。

「いい、ですよ、ハリエット。バージンロードを歩いたその足で、私に跨がっていやらしく腰を振って……」

「あっん、言わな、いでぇ……ぁあ、あ、止まらない、のっ……」

はちきれそうな胸も、彼の目の前でふるふると揺れる。尖った桃色の先端が唇に吸い込まれるのを目の当たりにし、全身が火照る。

「あぅ、あ、おかしく、な、っちゃう、のに……悦くって……あ、あ」

どうしてこんなふうになってしまうのだろう。前後に振れていたはずの腰が、勝手に上下して動き始めていることはわかっているけれど、やめられない。やめたくない。

「……とても上手に腰を使っていますよ。自覚、していらっしゃいます、か」

「っは……はぁ……っ」

こんなに感じているのに愛され足りない。そう思ってしまうのは、三人に求められるうちに悦楽を刻み込まれてしまったからだろうか。

「セスが、乱れきったあなたも、綺麗、だと」

「う、そ……」

「本当です。ジャックは、すぐにでも抱きたくて、たまらないそうです」

どうしよう、嬉しい。

身悶えるハリエットを前の座席に押し倒して、ヴィンセントは抜き挿しを速くする。これだけ乱れていても紳士的に見えるのがヴィーらしいところだ。

「ん、いっちゃ……う」

緑青の瞳に、三つの視線を感じる。

きっとふたりは、物欲しそうに自分の痴態を見ている――。

「見ない、でっ」

これ以上、煽らないで。

とろけた表情を見られまいと顔を左に背けたが、顎を押さえて戻される。

「いいえ……見せつけて、ハリエット。私の腕の中で、快楽に溺れるさまを、彼らにも」

「ん、ぁア……ぁ、……！」

だめ、と唇がこぼしたとき、ハリエットはびくんっ、と腰を跳ね上げて弾けた。

ほぼ同じタイミングで、ヴィンセントの欲がそこに放たれる。内側でかすかに震えた楔に絡み、ハリエットは意識して与えられたものを呑み込んでいった。

視線を感じる。

欲を放たれて嬉しくて涙ぐむ、恍惚とした表情を見つめるふたつの視線を。


自宅となったタウンハウスへ着くと、当たり前のようにベッドルームへ運び込まれる。

「ん……ヴィー……」

「まだとろんとした目をしていらっしゃいますね」

ドレスとドロワーズを奪い取られ、覆い被さってこられたと思ったら、抵抗なく男のものを受け入れさせられていた。

「んぁ、う……！」

つい先ほどまで繋がっていたはずなのに、まったく別のものみたいだ。内側の彼はずしりと重くて、張りつめている。

「さ、っき、あんなにたくさん、っ」

「与えられたばかりだ、と？　一度くらいで満足できるわけがないでしょう」

「……っもう、こんなに、なってるなんて……ァ」

ぐちゅん、と音を立てて奥の奥に突き入れられると、ハリエットはヴィンセントの背中にしがみつかずにはいられなかった。

「ふ、ぅあァっ、だめ、もっと、浅く」

脚を彼の腰に絡めながら裏腹な懇願をしてしまう。

馬車の中で弾けた余韻が、奥へ行けば行くほど強く残っていた。

「膝の上では、ここに押し付けられて喜んでいたではないですか。ほら、こんなふうに」

「やぁあ、ッい……いまは、まだっ……」

「……残念ながら、今の私は一秒だって待てません」

見越したように微笑みながら、彼は奥を執拗に擦ってくる。

行き止まりの壁はすっかり、達したばかりの悦を忘れて次の高みを連れてくる。

「ンンっ……ァ、あ、なか、が」

「ええ、伝わっていますよ。気持ちよくて、締めずにはいられない、のですね」

「ぁあ、あ、あ——……」

もはや『あ』以外の発音はできなかった。

「どうしてそんなに可愛いんですか……」

ハリエットの黒髪をぐしゃぐしゃっとかき混ぜて、ヴィンセントはより深く自らを埋めてくる。

「もっと包んで。私を温めて」

「あ、あ、っ、ア」

「もっとだ」

彼は無邪気さも凶暴さも抑圧してきたというけれど、こうしている間は本能を抑えずにいてくれているだろうか。

自分は彼に、いっときでも安らぎを与えられているのだろうか。

「ハリエット……」

両脚を天井に向けて持ち上げられる。腰を大きく動かして、いきなり激しい愉悦を加えられる。

「あぁぅ……っん、ああ、ぁあああっ、きそう……っ」

腰を跳ね上げると、下腹の奥で楔が震えてハリエットは息を呑む。

与えられる、と期待して目を閉じれば、途端にそれは引き抜かれる。だが、焦らされたわけではないようだった。

「ッ……は、っ」

ヴィンセントが吐息を漏らすと、下腹の表面に温かいものが散る。

何度も抱かれていながら初めて知る感覚に、ぞくりと背筋が痺れた。

「あ……」

「可愛いですよ……私の花嫁……」

愛した証を降らされたのだ。そう気づいたのも束の間、体をひっくり返されて後ろからまた深く貫かれる。

「ふぁっ……！　や、待って」

今度こそ待って。

「待てません」

右耳の裏から囁かれた声は低く、余裕のない響きを持っている。

「ヴィー……もう、わた、し」

肩越しに振り返ると、彼の額には銀の髪が幾筋か張り付いている。色っぽくてずっと見ていたいような表情だ。けれど、振り向いた恰好のままではいさせてもらえなかった。

腰を高く持ち上げられ、胸から上をシーツに預けた状態で、激しい出し入れをされる。

「あっう、ぅあァあ、やぁっ……も、許し……っ」

「いいえ、まだ、足りません。足りるわけがない」

「ゆ、るして、おかしくなっちゃう、から」

詫びても尾てい骨を押し上げるような動きに容赦はなく、再び繋がったばかりでハリエットはびくんっ、と蜜源を収縮させてしまう。

「んぁ、ァあ、だめ、がまん、できな……っ」

「ああ、どうしてこんなに、愛しい……」

「ひぁう、ぁ、あ、いっ……ちゃっ、……ン、んんぅっ」

痙攣は止まらない。動物の格好のまま、彼のものに吸い付いて快感を得る自分が恥ずかしい。

びく、びく、と震えながらシーツにしがみつくと、唇の端から唾液が一筋こぼれた。

「は……、ぁ、ごめ、なさ」

「拭わないでください。そのままで構いません」

長い指先が伸びてきて、こぼれた液をすくう。それを美味しそうに舐めとられて、ぞくぞくしないわけがなかった。

「……ん……」

「ハリエット……私のハリエット」

続けざまに派手なストロークでヴィンセントはハリエットの悦をせきたてる。達したままの感覚は、ますます敏感になってハリエットを苛んだ。

（自分の体じゃないみたい……）

全身が、心地よさだけを感じる器官になってしまったみたいだ。

「ぁ、はぁっ、はぁ……あ、あ、ヴィー」

背中のほうからささやかな水音が聞こえる。シーツに顔の右半分を押し付けて、震えながら喘ぐ。

夫婦としての誓いを交わした今、熱を受け取るのに後ろめたさは微塵もない。愛してもらえたと実感できて、胸がいっぱいになる。

やっと妻になれた。

すでに何度も抱かれてきたけれど、今日は特別嬉しくて特別心地いい。

「……そんなに健気に啼かれると、どこもかしこも私の色に染めたくなりますね」

ヴィンセントは上唇を舐めながら、ハリエットの脚の付け根へと右手を滑らせる。なにをされるのかと思えば、細い指先は割れ目をひらいて、内側の粒をきゅっと潰した。

「ふァっ、だめ、ッいや」

「っく……これだけキツく締めながら、いや、ですか」

否定できなかった。花芯は膨れ、軽く触れられるだけで甘い快感を脳髄《のうずい》まで届ける。

「うくっ……ンンぁ、は、つまま、ないでぇえ……ぅあ」

「なら、ひねってみましょうか？」

「ひぁうっ、んぅ、いやぁ」

　前のめりに押し倒されて、拒否する間もなかった。今度は体の全面をシーツに預け、脚を閉じた格好で蜜源を浅く突かれて、高く喘いでしまう。

「愛していいます。私がこうして抱くのは、一生、あなたひとりだけだ」

「やぅ、アぁあ、ん……私、だって……！」

　こんなに恥ずかしい行為、ヴィンセントとでなければできない。裏返せば、それほど大それたことを自分は彼らに許しているのだ。ただ、愛しているがために。

　気づいたら無意識のうちに、後ろ手に彼の腰を掴んでいた。

「きて、そこに、っ」

「……ハリエット？」

「なかに、わたしの、中にっ……」

　いつまでもいてほしい。そこに存在するのだという証拠を残してほしい。

　震える手に力を込めて願うと、ククッと低く笑われる。

「すっかり淫らな体になりましたね」

　シーツと体の間に入り込んでくる掌。ふんわりと両胸を握り込まれたと思ったら、指の間に先端を挟んで転がされ、感じずにはいられなくなる。

「搾り取ってください。欲しいだけ、いくらでも」

「ヴィー、あ、あぁ……っ」

言われるまでもなく、内側はうねって彼のものに絡みついていた。もうだめ、と瞼を固く閉じたら、もはや何度目かわからない頂に辿り着く。

「んぅ……！」

「愛してる、ハリエット……」

吐息まじりの淡い囁きを聞きながら目の前を真っ白にして弾けると、意識はなめらかに眠りに溶けていった。

彼から香る花のような香りが、触れ合っているところから染みてくるようで心地よかった。

＊＊＊＊

ヴィンセントはシャツと脚衣を着直すと、寝息を立て始めたハリエットに布団をふんわり被せる。汗ばんだ額にキスをして、熱のこもった髪をとく。

息が切れるほど情熱的に抱いたのに愛し足りないのは、恋心が三人分あるからだろうか。

名残惜しい気持ちで廊下へ出ると、ちょうど階下からやってきたフットマンが数歩前で頭を下げた。

「マイ・ロード、お電話です。トレヴェリアン卿から、至急お取り次ぎをと」

「ああ、すぐに出る」

そろそろくる頃だと思っていた。オーウェンの父、トレヴェリアン卿からの連絡が。

「どうも、トレヴェリアン卿。初めまして」

階段下で受話器に呼びかけると、聞こえたのは緊張したような声だった。

『ナヴァール卿、先日は私のようなものに直々のご連絡をくださってありがとうございます。本日は挙式が行われたとか。ご結婚、おめでとうございます』

「ありがとう。……で？　お読みいただけましたか、私からの恋文は」

実はこちらへ戻る直前、ヴィンセントはオーウェンに内緒で、捕らえていたトレヴェリアンの侍従から主の弱みを聞き出していた。それを手紙にしたため、早馬に託したのだ。

侍従はよく吐いてくれた。

主が息子の未来を護るために、どれだけの不正を行ってきたかを。

『そ、その件ですが、いかほどでお許しいただけるのでしょう。当家は豪商上がりの男爵家、お望みの金額を用意する準備はできています』

「金？　そんなものに私が困っていると思いますか？」

『は、では、東方の珍しい絵画でも』

「有り余るほど持っています、残念ながら」

欲をモノで相殺しようとは美意識が足りない。いかにも資本主義的で、成り上がりの思考だとヴィンセントは鼻で笑う。

「私が欲しいのは絶望ですよ」

『絶、望……？』

「ええ。あるいは断末魔《だんまつま》でしょうか。あなたのその、一瞬の声が聞きたいのです」

これまで自ら鉄槌《てっつい》を下すことはなかった。ターゲットが生きようが死のうが構わなかったし、ハリエットを抱く腕を血で汚したくなかったからだ。

だが、今回ばかりは違う。

『……なぜ、そのような』

「へえ、あなたはまだ私の顔をご存知ありませんでしたか」

目に見えなければ疑いさえも抱かないというのは、いかに乏しい人生か。電話口に出た時点でこちらの正体を察しておののく声も聞いてみたかったが、まあいい。

怯えるさまは充分に楽しませてもらった。

「さよならを申し上げる前に、良いことを教えてさしあげましょう」

電話の向こう、男が不穏な空気を感じとった雰囲気がする。侵入者に気づいたのだろう。

「私、セス・マスグレーヴの元の名は……ヴィンセント・ランハイドロック」

『な……』

「では、永遠のお別れを。さようなら、トレヴェリアン卿」

受話器の向こうに笑いかけると、まさしくそのとき、ぐうっ、というくぐもった悲鳴が聞こえた。まさしく断末魔の、悪夢のような叫びだった。

眉をひそめ、ヴィンセントは悲願の成就を噛み締める。

せめてオーウェンにとって良き父であったなら見逃す道もあっただろうに。

『ヴィンセント様』

直後、電話口に出たのは男だった。

「ジェイムズか、ご苦労だった」

『いえ。ヴィンセント様のために磨いた腕ですから。あなた様はスラム街で死にかけていた私を救ってくださった方……』

「……怪我はないか？」

『お気遣いありがとうございます、大丈夫です。ご命令通り「切り裂きジャック」の手口を模倣しました』

「よくやった。夕食に間に合うように戻って来い。今日は同席を許す」

あとは明日、国家警察へ出向いて本物の『切り裂きジャック』を差し出すだけだ。

長い戦いに終止符を打ったヴィンセントは、勝利の余韻に浸ろうとして、しかし笑いきれずに沈痛に表情を歪めた。

思い出していたのは三年前、トレヴェリアン卿に脅迫される寸前の出来事だ。

あの、一族惨殺事件の日。

親戚一同が息絶えたフロアを前に、兄たちが口々に言い出したのは誰がどの家の財産を継ぐのかという生々しい話だった。ヴィンセントは後ろ手に縛られた状態で、脚の拘束を密かに解きつつ逃げ出す隙を狙っていた。

そこへ、無情にも話題に上がったのがハリエットの名前だった。

——罪を被って牢獄へ放り込まれるヴィンセントの代わりに、俺があの令嬢をもらいうけよう。なにしろ可愛らしい顔をしているからね。

——いや、俺がもらう。彼女に恋文を書いたのは俺だ。

——おまえは相手にされなかっただろ。そういえば皆であの子のファーストキスを奪おうと計画したこともあったな。あの子が八歳の夏だったか。なぜだか途端に警戒されて叶わなかったけどな。

——せっかくなら五人でシェアするか？

——犯してしまえばこちらのものだ。

冷笑とともにこちらへ注がれた、卑しいものを見るような視線が今でも忘れられない。

怒りがひややかに頭を満たして、逃亡しようという考えはまっしろに消えた。

（……させない）

過去の経験から、ヴィンセントにはこの先に起こることが予想できていた。兄たちは互いに権利を主張し合い、疑心暗鬼になるのだ。

――兄さん、後ろ、危ない！

頃合いを見計らい、慌てたように言ってやるだけでよかった。あとは数秒見守っていれば、彼らは互いに撃ち合って果ててくれた。

あっけなかった。

長年自分に苦痛を与え続けた人間があれほど儚いとは。

もちろん流れ弾に当たる可能性は承知していた。運良く無傷で済んだのは、賭けに勝ったといったところか。

こうして、親戚殺しの罪を被せられることも、無実の罪で刑に処されてハリエットと離れることもなくなった。そう思った矢先のトレヴェリアン卿からの脅迫だったのだ。

おまえが兄にしたことは見ていた、と。

(彼女を抱く手を血で汚したくない？)

いや、この手はすでに三年前から罪に濡れていた。綺麗なままでは彼女を護れなかった。

ハリエット、唯一の純真……ヴィンセントは祈るように瞑目《めいもく》する。

護るなと言われても護らずにはいられない。どれだけ我が身が汚れようと、生涯、護り抜いてみせる。

だからどうか許してほしい。血にまみれた両手であなたを抱き続けることを。

エピローグ

どこから流れてくるのか、この場所が発生させるのか。

知る者は恐らくいないが、ゴートレイルの街はいつにも増して濃い霧に閉ざされている。

「これじゃ外でティーパーティーなんてできっこないわね」

ハリエットはマスグレーヴ邸の広々としたバルコニーを前にため息を落とす。

晴れたなら街が一望できるはずのこの場所は、見渡す限りの白だった。

「せっかくカントリーハウスからシェフに来てもらったのに、院長と子供たちに振る舞えないなんて期待はずれもいいところよ」

結婚式の晩に約束したのだ。綺麗なブーケのお礼に、青空の下でとっても美味しいケーキをごちそうすると。

「また明日、準備すれば良いではないですか」

ヴィンセントはそう言うけれど、一週間の延期ともなるとハリエットの心中では憂鬱《ゆううつ》を通り越して怒りが込み上げてきていた。

「もうっ、昨日も一昨日も、その前もこうだったのよ」

ティーパーティーを催せば子供たちは喜ぶだろうし、なにより、子供たちを喜ばせているヴィンセントを見たかったのに。

すると隣に立っていた彼はバルコニーをすたすたと突っ切り、

「だけどハリエット、室内でも充分子供たちは楽しそうだよ？」

奥の柵に背中をもたれて反論する。セスだ。

「いいじゃないか、お茶さえできれば場所はどこだって」

「外で食べたほうが美味しいわ。下街とは違ってここは空気もいいし、こんなに広いベランダなんてなかなかないし。だから孤児院の建物が直るまでに、ここでしかできない経験をたくさんさせてあげたいのに」

「きみの気持ちはわかるよ。でもさ、一番大事なのはどこで食べるかより、誰と食べるかだろ。僕はハリエットが隣にいればなんだって最高に美味しいし」

ストレートな愛情表現に、ハリエットの頬はぱっと赤くなる。赤面した様子は霧にまぎれて、彼には見えていないはずだが。

「……そうだな」

と、そこで声色が変わった。

「セスの意見には同感だが、俺はハリエットが望むなら青空を見せてやりたい」

ジャックだ。近頃こうして、ぱらぱらと人格が入れ替わる事態にはずいぶんと慣れた。

「画家でも呼んで、天井に青空でも描かせるか？」

「それはちょっと……」

「じゃあ、全員を連れてカントリーハウスへ行こう。あそこなら晴れる日も多い」

「う、うーん、高くつくティーパーティーになりそうだわ」

全員分の汽車のチケットで済めばいいが彼のことだ。また車両を貸し切りにしかねない。

だがジャックは霧の向こうで――恐らく至極真面目な顔をして――言う。

「妻の望みが叶うなら安いものだろう。俺はおまえのためなら、いくら積んだって惜しくはない」

予想した答えに頬はますます熱くなる。揃いも揃って、夫たちは自分に甘すぎると思う。

すると彼は歩み寄って来ながら、淡い視界の中で微笑んだようだった。

「焦ることはありませんよ。院長を含め、あの子たちにはこのままここに住んでもらうつもりですから」

この喋り方はヴィーだ。

「あなたのお父様が支援なさっていた、大切な施設の人たちでしょう。お父様の葬儀の日、私は兄たちに捕らえられていたとはいえお別れもお礼も言えませんでしたからね。せめてこれくらいの弔いはさせてください」

目を見開いてしまう。そんなふうに考えていてくれたなんて。

しかし、そう、ハリエットは約束通りヴィンセントから受爵の経緯を話してもらっていた。一族殺しの犯人であるヴィンセントの兄たちが何故亡くなったのかは、尋ねようとすると彼が悲しげな顔をするので聞けずじまいだったが。

「いいの……？」

「ええ、もちろん。部屋なら有り余ってますし、今からあなたを護るように教育を施せば将来的にも――」

「え？」

「いいえ、なんでもありません。いかがなさいますか？」

「もちろんよろしくお願いします。私もきちんと世話するから」

少々膝を折って礼を表すと、彼は見越していたように口角を上げて答える。

「では、子供たちのしつけは全面的にあなたを頼ることにしましょう」

「頼る……？　ええ、ええ、頑張るわ!!」

結婚してから初めて与えてもらった大きな役割だ。はりきらないわけがない。

ああ、これで本当に過去になったのだわ、とハリエットは思う。

父の葬儀も喪失感も、ひとりの闇も。

するると、胸の中にこごっていた澱のようなものが流れ去っていく感じがした。晴れ晴れした気持ちの所為か、わずかに視界は明るく、見通しがよくなる。

きっと気持ちひとつで、目に映る世界も変わるのだろう。

「ありがとう、ヴィー」

「どういたしまして。ああ、そういえば」

思い出した様子で彼は言う。

「オーウェンから手紙が来ましたよ。お父様の葬儀が無事に済んで、家督は兄君が継がれたそうです。しばらくはあちらに留まるとか」

「そう……」

咄嗟にはそれだけしか答えられなかった。

オーウェンに最後に会ったのは結婚式の翌朝、この家の玄関でだった。父親の訃報を受け、ヴィンセントが用意した馬車で実家へと戻ったのだ。

聞くところによると、トレヴェリアン卿は『切り裂きジャック』の最後の被害者となったらしい。というのも、世間を賑わせたその殺人者は直後に身柄を確保されたそうなのだ。

散々ハリエットを危険な目に遭わせた犯人が、トレヴェリアン卿であることはヴィンセントから教えてもらって知っている。そのような相手でも、殺害されてしまうと痛ましくて不憫でならない。

息子であるオーウェンの心中を察すると、余計に。

友人として慰めるくらいはさせてもらいたいけれど、今はまだ、そうっとしておいたほうがいいだろうか。

思い悩むハリエットの腰に、気遣わしげな腕がまわってくる。彼はそして優しく囁いた。

「……どうやらお茶の準備が整ったようですよ」

階下からかしましく自分たちを呼ぶ子供たちの声は、ハリエットの耳にもしっかり届いている。いつの間に室内でパーティーをすることになっていたのだろう。

「青空は霧の向こうにきちんとあります。そういうつもりでいただきましょう」

「そうね」

霧をまとったヴィンセントの姿に、確かな部分はほとんどない。だが曖昧だからこそ三人の不安定な輪郭がところどころに見え隠れしていて、三人を全員感じられて、好ましい。

そう思える自分がなんだか誇らしかった。

「ねえ、ヴィンセント」

「はい」

「私、あなたがもしも本物のけものだったとしても、きっと愛せたわ」

悪魔のように恐ろしい性質や、醜い姿を持っていたとしても。

姿がないジャックやセスを含めても愛せるのだから、どんな本性が他にあったとしても愛していける。その自信がある。

「霧の中にいると思うの。目に見えるものなんて視界が悪くなれば簡単に消えてしまうけど、私の胸の中にあるものは消えないって。私が、持ち続けようと思う限りここにあるんだって」

だから私は私の胸の中にいるあなたを信じて愛し続ける。胸に手を当ててそう宣言する。するると彼は斜め上で息を呑んだようだった。

――なぜあれほど信じることが難しくなっていたのか。

答えは恐らく、信じる理由を外に求めすぎていただけ。

けれど本当は、信念はいつだって自分の中から発生するものだ。どこから流れてくるものでも、誰かに与えてもらうものでもない。

笑顔で彼の腰に腕をまわし返すと、ふっと視界に影がさす。直後、唇を優しい熱が覆う。

三人全員からの口づけだとわかった。

朧《おぼろ》げな視界に三人を見つめ、ハリエットは心の中で何度目かの永遠を誓う。

霧のヴェールはしっとりと柔らかく、街を清らかに彩っていた。

【了】

あとがき

こんにちは、斉河《さいかわ》です。ソーニャ文庫さまからの二冊目の書籍、お手に取ってくださってありがとうございます。

本作は銀髪の知性派ヒーロー・ヴィンセントと、童顔の頑張り屋ヒロイン・ハリエットが、お互いに相手の力になろうとして成長してゆく恋物語です。ソーニャ文庫さまならではの味付けもしつつ、割にマイペースに書かせていただいたと思います。

今回のお話を考えたのは、疑似ヴィクトリア朝ものを書きたい、と意気込んだのがきっかけでした。真っ先に頭に浮かんだのが『切り裂きジャック』にシャーロック・ホームズに汽車の旅。煤《すす》けた街並みとか、近代化しつつも垢抜けない下町の暮らしとか、雰囲気があってすごく好きで……。

あとは霧。あの時代の霧はなんとなくセピアのイメージがあり心惹かれてしまいます。

そうして書き始めてから思い出したのがフランスの『フランソワ・ヴィドック』でした。テレビで観たのか本で読んだのかは忘れてしまいましたが、いつかこういうヒーローを書いてみたいとうっすら思っていた人物で、今回、作品を書くにあたって映画も観ました。なのでヴィンセントの立ち位置はヴィドックが基礎になっている感じでしょうか。おかげでパリっぽい要素も足すことになり、今回の話が出来上がったのだと思います。

担当さまには、当初の予定から脱線しまくってご迷惑をおかけしてしまいました。根気良くお付き合いくださって本当に本当にありがとうございます。いつか恩返しができますように。

また、今回も美麗なヒーロー&ヒロインに加えて色っぽい男性の手をたっぷり描いてくださった芦原《あしはら》モカ先生、ありがとうございました。

サイトでお世話になっている友人や、ツイッターでお話してくださるみなさま、家族にもとても感謝しています。

そしてお手に取ってくださったあなたに、改めてお礼申し上げます。

またいつか、どこかでご縁がありますように。

二〇一四年三月吉日　斉河燈《とう》

＊資料＊

『パリ時間旅行』　鹿島茂　中公文庫
『図説　英国執事　貴族をささえる執事の素顔』　村上リコ　ふくろうの本
『図説　英国貴族の城館　カントリー・ハウスのすべて』　田中亮三・文　増田彰久・写真
ふくろうの本
『ホームズのヴィクトリア朝ロンドン案内』　小林司　東山あかね　とんぼの本

この本を読んでのご意見・ご感想をお待ちしております。

◆ あて先 ◆

〒101-0051

東京都千代田区神田神保町2-4-7 久月神田ビル7階

㈱イースト・プレス　ソーニャ文庫編集部

斉河燈先生／芦原モカ先生

悪魔《あくま》の献身《けんしん》

2014年4月8日　第1刷発行

著　者　斉河燈《さいかわとう》

イラスト　芦原《あしはら》モカ

装　丁　imagejack.inc

D T P　松井和彌

編　集　安本千恵子

営　業　雨宮吉雄、明田陽子

発行人　堅田浩二

発行所　株式会社イースト・プレス
〒101-0051
東京都千代田区神田神保町2-4-7 久月神田ビル8階
TEL 03-5213-4700　　FAX 03-5213-4701

印刷所　中央精版印刷株式会社

ISBN 978-4-7816-9528-0

定価はカバーに表示してあります。